Ce parfum d'interdit

MICHELLE DOUGLAS

Ce parfum d'interdit

Traduction française de
CATHERINE BENAZERAF

AZUR

HARLEQUIN

Collection : Azur

Titre original :
ESCAPE WITH HER GREEK TYCOON

HARPERCOLLINS FRANCE
83-85, boulevard Vincent-Auriol, 75646 PARIS CEDEX 13
Service Lectrices — Tél. : 01 45 82 47 47 - www.harlequin.fr
ISBN 978-2-2804-8925-6 — ISSN 0993-4448

Composé et édité par HarperCollins France.
Imprimé en avril 2023 par CPI Black Print (Barcelone)
en utilisant 100% d'électricité renouvelable.
Dépôt légal : mai 2023.

FSC www.fsc.org
MIXTE
Papier issu de sources responsables
FSC® C159065

Pour limiter l'empreinte environnementale de ses livres, HarperCollins France s'engage à n'utiliser que du papier fabriqué à partir de bois provenant de forêts gérées durablement et de manière responsable.

1.

Levant les yeux vers l'imposante façade de l'hôtel particulier des Constantinos, MJ Mabel laissa échapper un petit sifflement admiratif. L'édifice se trouvait sur Grosvenor Square, dans le très prestigieux quartier de Mayfair.

Avec un haussement d'épaules, elle songea à l'agacement de son père à chaque fois que quelque chose lui rappelait où résidait Andreas Constantinos, son ennemi juré. Graham Mabel trouvait inadmissible que des Britanniques depuis *« seulement »* deux générations s'octroient le privilège d'élire domicile en un lieu aussi aristocratique.

Pour sa part, la famille Mabel s'enorgueillissait d'un arbre généalogique remontant à l'époque de la Restauration anglaise. Si MJ s'en moquait comme d'une guigne, il n'en était pas de même pour son père, très fier d'un pareil héritage.

MJ ne doutait pas que Nikos Constantinos – qu'elle était fermement résolue à rencontrer, quoi qu'il puisse en coûter – soit aussi conformiste que Graham. De plus, il y avait fort à parier qu'il ne voie pas d'un bon œil la requête qu'entendait lui soumettre une représentante du clan honni des Mabel.

« Ça promet ! » murmura-t-elle en gravissant d'un pas décidé les quelques marches du perron.

Sans même accorder le temps au majordome de s'informer des raisons de sa visite, MJ passa devant celui-ci et pénétra dans le hall d'entrée avec une autorité souveraine.

— Miss Mabel, lança-t-elle. Je souhaite voir Mr Nikos Constantinos.

— Est-ce que Mr Constantinos vous attend, Miss Mabel ?

— Non. Mais vous pouvez lui dire qu'il ne manquera pas d'être intéressé par la nouvelle que j'apporte.

D'autorité, MJ s'installa sur l'une des chaises à haut dossier et fixa sur le majordome un regard exprimant une impassibilité teintée d'exaspération. Cette attitude de supériorité impérieuse lui avait demandé des années d'entraînement. Il était rare qu'elle ait recours à cette arme, la jugeant un peu mesquine. Mais aujourd'hui, MJ était prête à faire flèche de tout bois.

Un instant, elle crut que l'homme allait perdre son sang-froid. Il était bien trop respectueux des convenances pour cela. Inclinant la tête, il se contenta d'un bref :

— Très bien, miss.

Puis il tourna les talons, et se dirigea dignement vers un couloir s'ouvrant à l'autre extrémité du hall.

Après avoir compté jusqu'à vingt, MJ lui emboîta le pas. Il n'était pas dans ses habitudes de se montrer aussi incorrecte. Mais ne disait-on pas que nécessité fait loi ? Elle était fermement décidée à ne pas quitter les lieux sans s'être entretenue avec Nikos Constantinos. L'enjeu était bien trop important.

— Si elle veut me voir, dites-lui de prendre rendez-vous.

MJ ne pouvait se méprendre sur la sévérité de la voix de Nikos lui parvenant depuis la porte entrouverte. Ce fut d'un pas exprimant une assurance qu'elle était loin de ressentir qu'elle pénétra dans le bureau.

— Je ne te croyais pas aussi mufle, Nikos ! lança-t-elle. Rassure-toi, je n'ai pas l'intention de te prendre beaucoup de temps. Et tu devrais être très intéressé par ce que j'ai à te dire.

— Que me vaut ta visite, MJ ? rétorqua Nikos, pinçant les lèvres.

Il était l'une des rares personnes à ne jamais confondre MJ avec sa jumelle, Siena.

D'un geste, il congédia le domestique.

— C'est bien à MJ que j'ai affaire, n'est-ce pas ? reprit-il.

Elle acquiesça d'un hochement de tête.

— Est-ce pour me tromper que tu as adopté le genre de tenue que porte plutôt ta sœur ? ajouta-t-il.

— Quand je t'aurai dit ce qui m'amène, tu te rendras compte de l'absurdité de ta question, répliqua vertement MJ.

Son pantalon corsaire rose pâle et le chemisier imprimé de grosses fleurs étaient des cadeaux que lui avait faits Siena. C'était ce qui l'avait poussée à s'habiller de la sorte. Elle avait éprouvé *la nécessité* de se sentir proche de sa sœur jumelle.

Elle vit Nikos pincer les lèvres. Il ne s'était pas donné la peine de se lever à son entrée, et MJ n'attendit pas qu'il l'y invite pour se laisser tomber dans le fauteuil lui faisant face.

— Assieds-toi, je t'en prie, lâcha-t-il avec une moue ironique.

— Je te remercie.

Un instant, MJ dut lutter contre l'envie de pouffer de rire à cet échange de fausses politesses.

À le voir plisser les yeux, elle eut l'impression que Nikos aussi était amusé par le ridicule de cet échange à fleurets mouchetés. Puis il se pencha par-dessus le bureau, et elle fut frappée par tant de puissance virile sous l'armure du costume impeccablement coupé.

— Puis-je connaître le but de ta visite, Marjorie ? interrogea-t-il.

MJ et Nikos n'avaient jamais eu que de rares et brefs échanges. Certes, ils fréquentaient les mêmes cercles et assistaient de conserve à nombre de réceptions. Mais c'était toujours en présence de leurs pairs. Jamais en tête à tête.

Sauf, peut-être, à une occasion, lorsque MJ avait seize ans. Cela ne comptait pas vraiment, puisque Nikos n'avait pas desserré les dents. Ah, et puis cette autre fois, se souvint-elle, lorsqu'elle en avait dix-neuf. Mais c'était dans une boîte de nuit bondée, et ils n'étaient pas seuls. Loin de là !

MJ déglutit et s'efforça de repousser ce souvenir.

Elle s'était toujours demandé comment ils s'adresseraient l'un à l'autre, si Nikos et elle-même se retrouvaient face à face. C'était instinctivement qu'elle avait fait usage de son prénom. Quant à s'entendre appeler Marjorie, c'était assez inattendu pour elle. Presque tout le monde – y compris son propre père – la prénommait MJ, diminutif de Marjorie Joan, son nom de baptême. Seule sa sœur la dénommait du surnom de Jojo.

Nikos avait-il cherché à se montrer désagréable en utilisant un cérémonieux « Marjorie » ?

Un instant, MJ regretta qu'ils soient obligés de se comporter en ennemis jurés. Soudain, la politesse de façade, les faux-semblants, l'hostilité ancestrale sous-jacente ne lui paraissaient plus drôles du tout. Nikos et elle ne se connaissaient même pas véritablement. Comment pouvait-on haïr quelqu'un que l'on ne connaît pas ?

Si elle arrivait à ses fins, MJ avait bien l'intention de débarrasser sa famille des vestiges de cette haine enracinée.

— Quel est le but de ma visite ? répéta-t-elle. Eh bien, Nikos, je viens tout simplement te demander de l'aide.

MJ s'attendait à l'un de ces éclats de rire tonitruants auxquels elle avait été habituée par son père. Il n'en fut rien. Se contentant de hausser un sourcil, Nikos se recula sur son siège.

— Et puis-je savoir de quelle manière je suis censé t'aider ? s'enquit-il.

Au moins, ne lui opposait-il pas une fin de non-recevoir, se réjouit MJ. Sauf qu'il était peut-être déjà en train de concevoir quelque plan machiavélique avec la duplicité dont avaient fait preuve les générations qui les avaient précédés – qu'il s'agisse du père de MJ comme de celui de Nikos. Et, avant eux, le grand-père de ce dernier, et la grand-tante de MJ.

Elle se retint de soupirer. Qu'elle-même n'ait d'autre ambition que de mettre un terme à ces querelles familiales ne signifiait nullement que Nikos Constantinos soit animé des mêmes objectifs. Mieux valait qu'elle ne l'oublie pas.

Pointant un menton insolent, MJ répondit :

— Siena a disparu, et j'ai besoin que tu m'aides à la retrouver.

De surprise, Nikos cligna des paupières. Ainsi, il n'était pas au courant, comprit MJ.

— Pourquoi saurais-je où se trouve ta sœur ? répliqua-t-il.

— Je ne doute pas que tu ignores où elle se cache. Cependant, il n'en est pas de même pour Christian. *Lui,* il sait. Ce que j'espère, c'est que tu es en mesure de me mettre en contact avec ton jeune frère.

Quand bien même Nikos affichait une impassibilité de marbre, tout en lui s'était crispé. Il était devenu presque menaçant. Avec sa chevelure de jais, ses pupilles aussi sombres que deux éclats de charbon et son teint cuivré, il était la parfaite incarnation du Prince des Ténèbres.

MJ fronça les sourcils, en songeant que le nez de Nikos était peut-être un peu fort pour cela. C'était un nez trop large pour ne pas altérer la perfection des traits, mais qui ne conférait pas moins une certaine majesté à son propriétaire. Bref, c'était un appendice nasal ne manquant pas de caractère. D'ailleurs, MJ avait toujours trouvé la perfection ennuyeuse. Or, elle subodorait que Nikos n'était pas le genre d'homme avec lequel on risquait de s'ennuyer.

En son for intérieur, elle s'empressa de faire taire cette manifestation de subjectivité féminine. Elle avait beau être disposée à mettre un terme à des décennies de ressentiment et de hargne familiales, ce ne serait jamais *à ce prix-là.*

Une histoire entre Nikos et elle ? Comment envisager une liaison avec un homme auquel elle ne faisait pas confiance ?

Oh ! allait-elle enfin cesser de se raconter des sornettes ? se morigéna-t-elle *in petto.* Bien sûr que ce serait envisageable !

En tous les cas, pour l'instant, le seul objectif de MJ, c'était de retrouver Siena avant que celle-ci ne se mette en danger.

— Pourquoi, diable, mon frère saurait-il où se trouve ta sœur ? questionna Nikos.

Ce fut au tour de MJ de hausser un sourcil pour bien marquer un étonnement provocateur. Elle espérait ainsi faire sortir Nikos de ses gonds.

— Il est clair que tu es trop absorbé par ton travail, fit-elle avec une petite moue. On m'avait dit que tu tenais à tout contrôler dans ton entourage, or j'ai dû être mal informée.

Les yeux noirs se plissèrent.

— Quel jeu joues-tu, MJ ? marmonna Nikos.

Il ne semblait pas le moins du monde en colère. Juste agacé.

— Eh bien, pour ta gouverne, répliqua-t-elle, sache que ton frère et ma sœur sortent secrètement ensemble depuis… environ deux mois. Peut-être même plus !

Elle vit palpiter les narines de Nikos.

— Tu en as la preuve ? lança-t-il.

Pendant quelques secondes, MJ se contenta de mordiller sa lèvre inférieure. Le regard de Nikos était braqué sur sa bouche, et elle eut l'impression de voir une étrange lueur briller dans les profondeurs de ces deux lacs insondables. Quelque chose d'aguichant et de terriblement déroutant. Nikos imaginait-il qu'elle était en train de jouer de ses charmes pour le troubler ?

Allons, concentre-toi !

Jusqu'où devait-elle abattre ses cartes ? Si elle tenait à retrouver Siena, il allait falloir qu'elle prenne quelques risques. Or, MJ était prête à tout s'il s'agissait de la sécurité de sa sœur jumelle.

Décroisant les jambes, elle se redressa sur son fauteuil et noua les mains dans son giron.

— Il y a deux semaines, commença-t-elle, mon père et Siena ont eu une terrible dispute. Le genre d'altercation dans laquelle on se jette des horreurs à la tête.

Ce qui ne laissait pas de désespérer MJ car elle aimait son père autant que sa sœur et se désolait de leur brouille.

— Siena aurait-elle avoué sortir avec Christian ? questionna Nikos.

MJ ne put retenir un petit rire.

— Si elle avait vraiment voulu choquer mon père, répliqua-t-elle, c'est avec *toi* – le P-DG du Groupe Leto – qu'elle aurait prétendu avoir une liaison.

La famille Constantinos et la famille Mabel étaient chacune à la tête de deux chaînes d'hôtels concurrentes. Les palaces du Groupe Mabel étaient réputés pour leur charme à l'ancienne et leur élégance discrète. Ceux du Groupe Leto brillaient par leur glamour, et leur chic un peu tape-à-l'œil.

— J'ai essayé de calmer le jeu entre mon père et ma sœur, reprit MJ, mais cela n'a fait que se retourner contre moi. Siena ne me parle plus !

— Je ne vois pas en quoi vos querelles familiales me concernent, Miss Mabel, rétorqua Nikos.

— Seigneur ! s'exclama MJ. Nous sommes passés de Marjorie à MJ, et maintenant Miss Mabel ! Est-ce que tu vas finir par m'appeler « madame » ?

MJ aurait juré que Nikos avait souri. Elle enchaîna :

— J'essaie juste de te situer le contexte.

S'interrompant avec une petite grimace, elle s'accorda quelques secondes de réflexion avant de reprendre :

— Je ne suis pas très fière de ce que j'ai fait ensuite. En bref, je me suis fait passer pour Siena auprès de quelques-unes de ses copines. Cela m'a confirmé que ma sœur et Christian sortent effectivement ensemble.

— Comment peux-tu être certaine qu'elles ont gobé ta comédie ? Elles t'ont peut-être percée à jour et se sont moquées de toi.

— Cela fait vingt-sept ans que je vis à côté de mon double, Nikos. Crois-moi, je suis capable d'imiter Siena à la perfection. Et puis, les copines de ma sœur sont toutes des artistes, pas des…

— Pas des femmes d'affaires impitoyables, habituées à manier duplicité et faux-semblants, c'est cela ?

Était-ce ainsi que Nikos la voyait ? se demanda MJ. Mais elle n'avait pas le temps de s'attarder sur cette interrogation.

— Toujours est-il, poursuivit-elle, que la relation entre Christian et Siena dure depuis environ deux mois.

— Et tu veux que je t'aide à y mettre fin, bien sûr !

— Voyons, Nikos ! Siena a vingt-sept ans et Christian… combien ? Vingt-huit ? Ce sont deux adultes. Je ne me vois pas dire à ma sœur qui elle doit ou ne doit pas fréquenter.

— Que les choses soient bien claires, Marjorie. Je ne tolérerai pas une union entre nos deux familles !

Gratifiant Nikos d'un sourire narquois, MJ s'exclama :

— Formidable ! Je constate que tu en reviens à m'appeler par mon prénom. C'est plus sympa ! Tu n'es pas d'accord ?

— *Marjorie !* Est-ce que tu entends ce que je dis ?

C'était sur un ton qui n'avait rien de « sympa » que Nikos l'avait interpellée, et MJ se retint de lever les yeux au ciel.

— Ta réaction ne me surprend pas outre mesure, fit-elle. Néanmoins, j'espérais autre chose de ta part.

Nikos plissa les paupières, l'air farouche.

— Je ne comprends pas ce que tu attends de moi, dit-il.

— Je veux retrouver Siena au plus vite. J'ai fait le tour de tous les endroits où elle est susceptible de se réfugier, y compris les plus improbables. Sans succès. Par conséquent, il est évident qu'elle se cache quelque part en compagnie de Christian.

— Donc, tu supposes que je parviendrai mieux que toi à les dénicher. C'est cela ?

MJ se composa une physionomie aussi déterminée que possible, avant de répondre.

— Exactement. Et je compte t'accompagner dans tes recherches.

Bouche bée, Nikos était l'image même de la stupéfaction. Enfin, elle avait réussi à lui faire perdre contenance !

Il croisa les bras sur sa poitrine.

— Pas question ! lança-t-il.

— J'ai de bonnes raisons de m'inquiéter pour la santé de ma sœur.

En temps normal, MJ n'aurait pas mentionné les soucis de santé de sa jumelle. Ni Siena ni leur père ne lui pardonneraient d'en avoir fait état. Mais pouvait-on prendre des risques avec quelque chose d'aussi sérieux qu'une polykystose rénale ?

— Pas question, répéta Nikos.

Osant les coudes sur le bureau de Nikos, MJ planta son regard dans le sien.

— Même si je te dis que c'est une question de vie ou de mort ? fit-elle. Nous haïrais-tu au point que cela te soit indifférent ?

2.

Nikos sentit le sang bouillonner dans ses veines.

Allait-il demeurer sur son siège, affichant une expression impassible, comme tout individu civilisé le ferait ? Ou bien agripperait-il MJ Mabel par le bras pour l'entraîner jusqu'à la porte et la jeter sur le trottoir, tel un videur de boîte de nuit ?

Bon sang de bonsoir ! Il était un être civilisé, et il ne se compromettrait pas à pareil acte à l'encontre de l'un des membres de la famille Mabel.

Quant à savoir s'il les détestait au point que leur sort le laisse de glace, la réponse était clairement « *oui* » !

Comment en serait-il autrement, quand le clan Mabel n'avait jamais apporté que désespoir aux Constantinos ?

Tout avait commencé lorsque Joan Mabel – aïeule de la jeune femme se tenant devant lui – avait trahi l'amour du grand-père de Nikos. La perfidie de cette femme avait précipité le pauvre homme dans les profondeurs d'une dépression qui l'avait conduit à vivre en ermite.

Ensuite, le père de MJ – Graham Mabel – n'avait rien trouvé de mieux que de séduire la propre mère de Nikos, Tori. Bien sûr, cela avait fait exploser le couple Constantinos. Nikos avait été témoin de toute cette dramatique affaire. Il n'avait rien oublié d'une infamie qui avait gâché son enfance.

Certes, il n'éprouvait pas de haine à l'égard de la personne de MJ – il ne la connaissait pas suffisamment pour cela. Néanmoins, à travers elle, il haïssait le mal que les Mabel avaient infligé à sa propre famille.

— Ton silence en dit long, Nikos, lança MJ.

C'était exactement l'objectif recherché par Nikos. Sauf que, lorsqu'il plongea son regard dans les grands yeux levés vers lui, ce ne fut pas de l'animosité qu'il sentit couler dans ses veines. On y lisait tant d'honnêteté, de franchise, de bienveillance.

Oh ! bien sûr, ce ne devait être que pure comédie !

— Quelle belle ouverture d'esprit ! railla MJ. Je me rends compte qu'enterrer la hache de guerre n'est pas ta priorité.

Nikos se garda bien de répondre à cette pique. MJ n'avait certainement d'autre but que de le rouler dans la farine !

Pouvait-il oublier la fourberie dont le père de la jeune femme avait fait preuve avec sa propre mère ? Et, à la génération précédente, sa grand-tante avec le grand-père de Nikos ! Lui-même ne tomberait pas dans ce piège.

D'ailleurs, il était bien placé pour ne pas sous-estimer le danger que représentait MJ.

Nikos avait encore en mémoire un incident survenu dans une boîte de nuit, huit années auparavant. Il était alors âgé de vingt-quatre ans – un âge suffisant pour ne pas se faire avoir comme un gamin. MJ n'en avait pas plus de dix-neuf, mais était déjà dotée d'une silhouette de sirène.

À vrai dire, MJ avait eu beaucoup de chance qu'il soit fasciné par elle, ce soir-là. Hypnotisé, il la suivait du regard tandis qu'elle se dirigeait vers la piste de danse, lorsqu'une brute avinée avait bousculé une serveuse portant un plateau chargé de verres, juste sur le chemin de MJ. Sans même réfléchir, Nikos s'était précipité pour tirer la jeune fille hors de danger, lui évitant de prendre verres, plateau, et cocktails sur le coin de la figure.

— Ouah ! s'était exclamé MJ. Merci !

Leurs regards s'étaient rivés l'un à l'autre. MJ était à moitié affalée sur Nikos, les yeux écarquillés, un demi-sourire flottant sur ses lèvres, et il était resté ensorcelé. Puis il avait fini par reprendre ses esprits, et la remettre d'aplomb. Du plat de la main, la jeune fille avait lissé le plastron de son corsage en soie, et avait secoué sa crinière à l'aspect encore plus soyeux que l'étoffe.

— Tu m'as sauvé la mise, avait-elle ajouté en le tutoyant comme il était de règle à leur âge. Encore merci !

— Je t'en prie, avait rétorqué Nikos.

Autour d'eux, l'air vibrait d'une tension chargée d'électricité. La musique avait commencé, et MJ avait désigné la piste d'une main hésitante, sans le quitter des yeux.

— Tu danses ? avait-elle demandé.

Il avait acquiescé de la tête. Comment aurait-il refusé pareille proposition, quand il ne rêvait que de faire durer ce moment ? Cependant, avant même qu'il n'ait le temps de suivre MJ, les ongles rouges de sa cavalière du moment s'étaient posés sur son bras.

— Oublie ça, MJ, avait-elle lancé. Nikos n'est pas libre.

Clignant des paupières, MJ avait levé les mains en un geste de reddition. Puis, après l'avoir remercié une nouvelle fois, elle avait tourné les talons et s'était faufilée dans la foule des danseurs. Nikos l'avait suivie du regard, persuadé de manquer une occasion. Parfois, la nuit, ce souvenir venait le titiller.

Ce qui était bien la preuve du péril que représentait MJ Mabel. Ce fameux soir, Nikos avait eu beau savoir qui elle était, il n'aurait pas hésité une seconde à la suivre où qu'elle ait l'intention de l'entraîner. Au diable, s'il le fallait !

Imbécile !

Il était hors de question qu'il reproduise les erreurs du passé, et inflige à son père et son grand-père de nouvelles souffrances.

D'ailleurs, peu lui importait que MJ se fasse du souci pour sa jumelle. Après tout, ce n'était pas son problème. Aussi ferait-il mieux de ne pas prêter l'oreille à cette petite voix qui lui susurrait de se montrer… simplement *humain*.

Ce fut un visage où ne se lisait plus le moindre amusement que MJ leva vers lui.

— Ça ne te fatigue pas de continuer à entretenir tout ce

ressentiment ? questionna-t-elle. Est-ce que tu as vraiment l'intention de transmettre ce fardeau à tes futurs enfants ?

Nikos se raidit. De quel droit MJ évoquait-elle les enfants qu'il aurait un jour ? Pendant quelques secondes, elle le dévisagea attentivement, avant d'ajouter :

— Au fond, peut-être qu'une union entre Christian et Siena serait la meilleure manière de panser les plaies du passé…

Le poing de Nikos s'abattit sur le bureau.

— Moi vivant, jamais ! s'exclama-t-il.

Un sourire narquois se peignit sur le visage de MJ.

— Oserais-je répondre que ça peut s'arranger ? fit-elle. Comme dans un bon vieux film noir. Mais j'aurais trop peur que tu me prennes au sérieux. Tu en serais bien capable…

Le sourire en coin montait jusqu'à ses yeux, éclairant d'une lueur espiègle les prunelles d'un vert très particulier.

Bon sang ! Quelle importance pouvait bien avoir la couleur des yeux de MJ ? En plus, sa bouche était trop grande !

Oui, enfin…, elle avait une bouche qui ressemblait à celle de la magnifique Julia Roberts. En matière d'imperfection, il y avait pire ! Pour tout dire, la bouche de MJ était splendide. Quasiment irrésistible…

C'était bien là tout le malheur pour les Constantinos ! Certains membres du clan avaient une tendance fatale à voir la tentation personnifiée en certains des Mabel.

Horrifié, Nikos prenait conscience que lui aussi était peut-être affecté de cette étrange maladie. En dépit de tout ce qu'il savait sur ces gens-là. Instinctivement, il serra les poings.

MJ haussa les épaules et gonfla la poitrine. Nikos se raidit. Chercherait-elle à l'exciter ?

Se laissant aller contre le dossier du fauteuil, elle croisa les jambes.

— Très bien, fit-elle. Manifestement, il est inutile de faire appel à tes bons sentiments. Par conséquent, je vais juste te demander d'imaginer les titres de la presse people s'il s'avérait que Siena tombe malade – ou même pire – alors qu'elle est en fuite avec ton frère…

Mâchoires crispées, Nikos s'obligea à fixer son attention sur les paroles de MJ plutôt que sur les mouvements de ses lèvres. Il lui fallut quelques secondes pour prendre toute la mesure de ce qu'elle avançait. Quand la réalité s'imposa à lui, il bondit – dans un tel état de stress qu'il en tremblait presque.

— Ne me regarde pas comme ça ! Tu sais très bien que c'est exactement ce que je souhaite éviter.

En quelques pas, il fut face à la grande fenêtre dominant la place à l'élégance paisible. Mais tant d'ordre et de paix ne suffirent pas à ramener le calme dans ses pensées. La guerre entre les Constantinos et les Mabel était de notoriété publique. S'il se trouvait que Siena soit victime de graves problèmes de santé pendant qu'elle se cachait quelque part avec Christian, les bruits les plus odieux commenceraient à courir.

Peut-être penserait-on que Christian avait orchestré une horrible vengeance à l'encontre de leurs rivaux ?

Nikos savait son frère incapable d'un tel machiavélisme – il n'y avait pas moins perfide que lui –, mais cela n'empêcherait pas les plus folles rumeurs. Et qui sait si Graham Mabel et ses filles ne s'emploieraient pas à en tirer parti ? Nikos ne permettrait pas cela. Sa famille avait assez souffert. Il était hors de question que son malheureux frère soit la prochaine victime de leurs ennemis jurés.

Il fit brusquement volte-face.

— Ne voilà-t-il pas qu'il me regarde comme si j'étais à l'origine de toute cette affaire ! s'exclama MJ en faisant mine de s'adresser au buste posé sur le meuble classeur.

— Cela ne m'étonnerait qu'à moitié, rétorqua Nikos.

À peine l'avait-il proférée, qu'il regretta cette remarque.

— *Eh bien !* lâcha MJ avec une expression médusée.

Il n'y avait plus la moindre lueur espiègle dans son regard, et nul amusement ne retroussait ses lèvres sensuelles. Elle pointa vers Nikos un menton décidé.

— Si je ne permets pas aux querelles de mon père de me dicter ma conduite, gronda-t-elle, dis-toi bien, Nikos

Constantinos, que je ne me laisserai pas non plus dominer par ta rancune.

Nikos cligna des paupières. Il pouvait faire entièrement confiance à MJ sur le sujet.

— Alors, reprit-elle comme il ne réagissait pas, est-ce que tu vas m'aider à les retrouver ?

Reprenant en partie la formulation de MJ, Nikos répliqua :

— Dis-toi bien que je vais tout mettre en œuvre pour cela, MJ. Cependant, je n'ai pas l'intention de te traîner derrière moi comme…

Il s'interrompit brusquement. Son éducation lui interdisait de se montrer grossier avec une femme.

Ce maudit regard vert le dévisagea à nouveau. Il lui rappelait la couleur de la mer dans une crique de l'île qu'habitait son grand-père – lorsque le soleil jouait à la surface des flots ridés par la brise.

— Qu'allais-tu dire, Nikos ? demanda MJ. Comme un bagage encombrant ? Ou une épine dans ton côté…

Nikos n'aurait su dire ce que la jeune femme avait lu sur son visage, mais il la vit soudain rejeter la tête en arrière et partir d'un grand rire. Mal à l'aise, il changea de position. Cette femme ne cessait de le décontenancer !

Reprenant son sérieux, elle essuya les larmes qui perlaient au coin de ses paupières, puis inclina la tête de côté.

— Tu as tort, fit-elle. Je pourrais être un précieux atout dans tes recherches. Je connais ma sœur mieux que quiconque. D'ailleurs, j'espère bien que tu es aussi proche de Christian que je le suis de Siena. Est-ce le cas, Nikos ?

Comme pour mettre une barrière entre eux, Nikos se réfugia derrière son bureau.

— Cela ne te regarde pas, répondit-il.

Les yeux verts le jaugèrent.

— Donc, cela veut dire « Oui », murmura MJ avec l'air de se parler à elle-même.

Nikos s'en voulut de s'être montré aussi transparent.

— Par conséquent, enchaîna MJ, si nous unissons nos

forces, nous serons certainement en mesure de les débusquer et de prévoir leurs intentions.

— Si j'ai besoin de ton concours, je n'hésiterai pas à t'appeler.

Moins il passerait de temps en compagnie de cette femme, mieux cela vaudrait !

— Quelle fermeté ! se moqua MJ. Et pourtant, j'ai l'espoir de te convaincre de m'embarquer dans l'aventure.

— Tu te trompes !

— Je crois que j'ai encore une carte maîtresse dans ma manche…

Un instant, MJ fixa Nikos de son regard incroyablement perçant, puis elle reprit :

— Si tu m'autorises à t'accompagner dans tes recherches, et que tu m'aides à retrouver ma sœur…, eh bien, Nikos, je m'engage à te restituer le collier Ananké. Tu as ma parole.

Le cœur de Nikos fit un tel bond dans sa poitrine qu'il en eut le souffle coupé. Qu'avait-elle dit ?

— Tu mens ! lâcha-t-il d'une voix tellement rauque que la gorge lui brûla. Il ne t'appartient pas.

Le regard vert ne se troubla pas.

— Ma grand-tante me l'a offert pour mes vingt-cinq ans.

D'un geste de la main, Nikos repoussa cette explication.

— Comme si je pouvais faire confiance à ce que disent les Mabel ! grommela-t-il.

Pourtant… *le collier Ananké…*

Le précieux bijou avait été un cadeau du grand-père de Nikos à Joan Mabel lorsqu'il l'avait demandée en mariage. Dans la mythologie grecque, Ananké était la déesse du Destin. Quand Joan avait trahi sa promesse, s'enfuyant avec un autre homme, elle avait obstinément refusé de rendre l'objet.

Pour Nikos, cela ne faisait pas le moindre doute : ce collier appartenait à *sa* famille.

— Je conçois que tu ne me fasses pas confiance, mais est-ce que le nom de Bayard Crawford te rassure ?

La surprise fit lever les yeux à Nikos. Que venait donc faire cet éminent juriste dans l'affaire ? Il ne conseillait ni la famille de MJ ni la sienne. L'homme avait une réputation d'irréprochable probité sur la place de Londres.

— Je lui ai demandé de rédiger un contrat, ajouta MJ.

Un instant, Nikos laissa son esprit dériver. Imaginer qu'il puisse reprendre le collier et le rendre à sa famille avant que son grand-père ne soit plus de ce monde, c'était…

Il vit MJ farfouiller dans son sac et en sortir une liasse de documents qu'elle lui tendit.

— Comme tu le vois sur la note jointe, enchaîna-t-elle, le collier est actuellement en sa possession. Tu peux donc oublier tes affreux soupçons. Je n'ai aucune intention de faire disparaître cet inestimable bijou.

Tout à coup, Nikos se sentit épouvantablement mesquin. MJ ne dit mot pendant qu'il parcourait le contrat. Le libellé en était inattaquable. Juridiquement rigoureux.

Cependant, diverses clauses mettaient MJ strictement à l'abri de possibles coups bas de la part de Nikos – il ne pourrait ni lui fausser compagnie ni l'induire en erreur.

Il pinça les lèvres. Il n'était pas le seul à faire preuve de mesquinerie. Personne ne pouvait le soupçonner d'être capable de manquer à sa parole. Néanmoins, il était clair qu'une descendante des Mabel n'accordait pas davantage sa confiance à un descendant des Constantinos que l'inverse.

Il jeta un rapide coup d'œil en direction de MJ. Rien ne lui permettait d'affirmer que celle-ci n'était pas une femme de parole. Qu'en savait-il, après tout ?

Cela ne changeait rien à l'envie qui le taraudait de se débarrasser d'elle au plus vite. Sauf qu'il visualisait l'image du collier Ananké se balançant devant lui tel un trophée à décrocher. S'il y parvenait, rien ne serait trop cher payé pour cela. Même la perspective de passer du temps en compagnie d'une Mabel. En tous les cas, il faudrait que MJ apprenne qui menait la barque.

En deux enjambées, Nikos vint se planter devant elle, puis agrippa fermement les accoudoirs de son fauteuil, l'emprisonnant entre ses bras et approchant son visage du sien.

— Explique-moi pourquoi tu serais prête à me donner le collier, gronda-t-il.

— Je ne te le *donne* pas, Nikos, protesta MJ. J'*achète* ta collaboration. Il est impératif que je retrouve ma sœur.

Les prunelles vertes lançaient des éclairs. MJ releva le menton, dans un mouvement donnant l'impression qu'elle tendait les lèvres vers lui. Le cœur de Nikos cogna follement contre sa cage thoracique.

— Ce collier est un fardeau, Nikos, enchaîna-t-elle. Il a apporté plus de souffrance que de joie à tous ses propriétaires. Je n'en veux pas. Je n'ai jamais souhaité le posséder.

— Alors, pourquoi ne pas t'en être débarrassé ?

MJ marqua un temps d'hésitation, avant de répondre :

— J'avais l'intention d'en faire don à un musée. Mais j'ai jugé qu'il pouvait me servir de monnaie d'échange pour te décider à traiter avec moi. À condition que tu respectes ton engagement, bien sûr…

— Ton père ne te le pardonnera jamais.

Le menton volontaire se redressa encore davantage.

— Bien sûr que si, répliqua-t-elle. Je ferai ce qu'il faut.

— Comment t'y prendras-tu ?

S'écartant du dossier du fauteuil, MJ s'inclina vers Nikos. Elle était si près de lui que leurs souffles se mêlaient. Intérieurement, il se maudit de s'être mis dans pareille situation. Nikos ne pouvait que s'en prendre à lui-même s'il se trouvait obligé de rester dans la même position pour ne pas perdre la face. Ça lui apprendrait à vouloir jouer au despote !

— En me servant de l'arme la plus efficace qui soit : l'amour, répondit MJ.

La gorge serrée, Nikos fut incapable de lancer une raillerie comme il l'aurait souhaité. Au tréfonds de lui-même, une douleur sourde s'était éveillée.

— J'aime mon père, et il m'aime, reprit MJ. Bien évidemment, il sera furieux. Je ne doute pas qu'il ait du mal à comprendre mes raisons. Mais il finira par me pardonner. Au fond de lui, il sait à quel point je l'aime, et j'aime Siena.

Subjugué, Nikos suivit des yeux la pointe de la langue rose humectant les lèvres délicieuses – ni trop pleines ni trop fines. Des lèvres qui paraissaient à la fois douces et fermes, exactement comme il convenait. Lorsqu'il planta son regard dans les prunelles vertes, Nikos les vit s'agrandir. MJ avait-elle perçu le désir qui s'était allumé dans les siennes ?

— Ainsi, fit-il, tu es prête à passer tout ce temps en tête à tête avec moi ?

— Je n'ai pas le choix.

Tout à coup, MJ semblait avoir du mal à respirer. Elle n'était donc pas aussi sereine qu'elle cherchait à le laisser croire. Quant à Nikos, il était tout sauf serein. Son cœur battait la chamade.

— Que ferais-tu si je décidais de t'embrasser, là, maintenant ? questionna-t-il.

Posant une paume à plat sur son torse, MJ le repoussa très doucement, puis elle se mit debout et s'éloigna.

— Eh bien, tu aurais droit à une bonne gifle, répondit-elle. N'est-ce pas ce que font les héroïnes de cinéma ?

C'était d'un ton léger qu'elle avait proféré ces paroles, avant d'aller se planter devant la baie vitrée. Il était indéniable que Marjorie Joan Mabel ne manquait pas de classe.

Elle pivota pour lui faire face.

— Ma sœur est bien plus précieuse que tous les colliers de la terre, dit-elle. Alors, es-tu prêt à conclure ce marché ?

— Oui.

— C'est parfait. Il faut que nous entamions les recherches au plus vite. Tu n'as pas semblé t'intéresser à la santé de Siena, mais laisse-moi te dire qu'elle est peut-être en grand danger.

Un sentiment de honte submergea Nikos. Siena avait beau être une Mabel, elle n'en était pas moins un être humain. Il prit une profonde inspiration.

— Alors, ne perdons pas de temps, dit-il.

3.

En silence, MJ observa Nikos qui pianotait sur le clavier de son téléphone portable.

— Christian, c'est Nikos, déclara-t-il. Rappelle-moi. J'ai besoin de te parler en urgence d'un… problème.

Après un bref coup d'œil en direction de MJ – comme pour quêter son assentiment –, il glissa l'appareil dans la poche poitrine de sa veste. Ce faisant, il eut un mouvement d'épaules qui attira l'attention de MJ sur la largeur de sa carrure et sa haute silhouette. Un moment, elle demeura subjuguée.

— Bon. Prenons un taxi pour aller plus vite.

La voix de Nikos fit sursauter MJ. Elle se secoua mentalement pour dissiper l'étrange léthargie qui la paralysait. *Concentre-toi.* N'avait-elle pas fait tout ce qu'il fallait pour que Nikos se mette en action ? Ce n'était pas le moment de mollir ! Elle se devait de relever le défi.

— Où allons-nous ? questionna-t-elle.

— À l'appartement de Christian.

— Alors, le plus rapide sera le métro.

— Pour qu'on nous voie ensemble et que cela déclenche une tempête médiatique ?

Il leva les yeux au ciel d'un air agacé. MJ songea que ça semblait être l'effet qu'elle lui faisait le plus souvent : l'irriter. Au fond, cela lui importait peu. Tout ce qui comptait, c'était de retrouver Siena au plus vite. Une fois que ce serait fait, elle et Nikos n'auraient plus à se soucier l'un de l'autre.

À moins que Siena et Christian soient véritablement

amoureux, et qu'ils aient l'intention de se marier. Auquel cas, la fréquentation de Nikos, à la faveur d'événements familiaux, deviendrait incontournable…

Mon Dieu ! Comment imaginer qu'ils finissent par former une grande famille harmonieuse autour d'un réveillon de Noël ? C'était passablement cocasse.

— Qu'est-ce qui te fait sourire ?

MJ secoua la tête.

— Je doute que tu trouves cela drôle, donc je préfère t'épargner mes réflexions, répondit-elle.

— Tu as tort, rétorqua Nikos avec une courtoisie glaciale. Je ne demande qu'à savoir ce qui te réjouit autant.

— Eh bien, j'imaginais toutes les fêtes de Noël en famille qui nous attendent si Christian et Siena s'unissent.

Bouche bée, Nikos fronça les sourcils. Ce fut avec une physionomie des plus sombres qu'il fit le tour du bureau et s'approcha de MJ.

— Pourquoi n'as-tu pas fait ce qu'il fallait pour les séparer ? pesta-t-il.

— Parce que tu te figures qu'il m'est possible d'interdire à ma sœur de fréquenter qui elle veut, en sachant qu'elle n'est ma cadette que de quarante minutes ?

Un instant, Nikos soutint son regard avec un visage grave. Puis, sans un mot, il tourna les talons.

Ils prirent un taxi noir – typiquement londonien – pour se rendre chez Christian. À leur arrivée, MJ fut tentée d'attendre Nikos dans la voiture. Elle savait déjà que leur visite ne servirait à rien. Tandis qu'il appuyait sur la sonnette, elle prit soin de se dissimuler derrière lui.

— *Señor* Constantinos ? s'étonna Luisa, la gouvernante espagnole. Votre frère n'est pas là.

— Savez-vous quand il va rentrer ?

— Je l'ignore.

Luisa aperçut MJ, derrière Nikos.

— Ah, *señorita* Mabel ! lança-t-elle. Je ne l'ai pas vu depuis votre visite.

— Depuis combien de temps est-il absent ? demanda MJ.

La femme jeta un coup d'œil en direction de Nikos, qui hocha la tête en signe d'assentiment.

— Depuis dix jours.

Dix jours ! Cela faisait bien plus que MJ ne l'imaginait.

— Est-ce que vous aviez vu ma sœur avant cela ? questionna-t-elle. Je veux dire, en compagnie de Christian ?

De nouveau la gouvernante chercha l'approbation de Nikos. Il réitéra son mouvement de tête.

— *Sí,* fit-elle.

— Est-ce qu'elle avait l'air en bonne santé ? Siena a été souffrante, et je m'inquiète pour elle. C'est pour cela que je tiens à savoir où elle est. Pour m'assurer que son état n'a pas empiré.

— *Sí,* je l'ai vue ici, répondit Luisa. Elle est restée quelques jours.

À côté de MJ, Nikos se raidit, mais sans commentaire.

— Comment était-elle ? insista MJ.

— Elle était… pâle. Quand elle est arrivée, on voyait qu'elle avait pleuré.

MJ se passa nerveusement la main sur le visage.

— Merci, Luisa, fit-elle.

— Le *señor* Christian et votre sœur…, ils sont bons amis.

La gouvernante avait ajouté cela comme si elle cherchait à les mettre en garde.

— Si Siena a passé quelques jours avec lui, effectivement…

MJ se mordit la lèvre pour ne pas aller plus loin, puis elle reprit :

— Auriez-vous surpris des bribes de conversations entre eux, qui pourraient nous… ?

Luisa l'interrompit en la foudroyant du regard.

— Certainement pas !

— Pardonnez-moi, s'excusa MJ. Je cherche seulement à…

— Luisa, s'interposa Nikos, sauriez-vous où se trouve mon frère ?

— C'est lui qui m'emploie, *señor*. Pas vous. Je suis désolée de ne pas pouvoir vous aider davantage.

Craignant que Nikos n'explose, MJ s'avança.

— Christian a de la chance d'avoir un personnel aussi loyal, dit-elle. Merci de nous avoir renseignés, Luisa.

Elle fut surprise de voir Luisa lui prendre la main.

— Le *señor* Christian est quelqu'un de bien, *señorita*, déclara-t-elle. Vous n'avez pas besoin de vous faire du souci.

C'était plus facile à dire qu'à faire, étant donné les circonstances, songea MJ. Néanmoins, elle trouva la force de sourire à Luisa.

— Pourquoi ne m'as-tu pas dit que tu étais déjà venue chez Christian ? questionna Nikos quand ils eurent regagné le taxi.

— Parce que tu n'aurais pas cru ce que je te racontais. De plus, cela faisait quelques jours que j'étais passée. Luisa pouvait avoir d'autres informations. Je savais aussi qu'elle serait plus loquace avec toi. La preuve, c'est qu'elle n'avait pas évoqué la présence de Siena chez Christian, devant moi.

Se laissant aller contre le dossier de la banquette, MJ regarda par la fenêtre de la voiture et repensa à ce que leur avait confié la gouvernante. Siena avait débarqué chez Christian dix jours auparavant… Elle était pâle et avait pleuré… C'était forcément après la dispute avec leur père.

— Si Siena est en compagnie de Christian, tu peux être certaine qu'il prendra soin d'elle, MJ.

La tentative de Nikos pour la rassurer était une marque de gentillesse tout à fait surprenante.

— Je ne doute pas que ton frère soit quelqu'un de bien, répliqua MJ en se tournant vers lui.

Contrairement à ce qu'elle avait cru, les yeux de Nikos n'étaient pas noirs. Plutôt d'un brun très foncé qui évoquait le chocolat. Évidemment le plus exquis des chocolats suisses, ironisa MJ en son for intérieur.

— Étant donné la nature des relations entre nos deux

familles, je suis surpris que tu aies une bonne opinion à son sujet, s'étonna Nikos.

— Pourquoi pas ? Ni toi ni ton frère n'avez commis quoi que ce soit de répréhensible à l'égard de ma sœur ou moi. Cette querelle entre ma grand-tante et ton grand-père est tout bonnement… *ridicule*. Pourquoi en accepterions-nous les répercussions sur notre génération ? Ma grand-tante est morte. Et je considère que ce conflit aurait dû s'éteindre avec elle. Mon père et le tien auraient mieux fait de ne pas s'en mêler.

Les yeux sombres se plissèrent, et la mâchoire volontaire se crispa.

— Tu n'es pas sérieuse, lâcha Nikos.

— Pourquoi ?

Qu'est-ce qui pouvait bien pousser Nikos à perpétuer le ressentiment entre leurs deux familles ? s'interrogea MJ. Elle le vit froncer les sourcils.

— Je ne te comprends pas, dit-il. C'est à croire que tu ne…

— Que quoi ?

Avant qu'il n'ait le temps de répondre, le taxi s'arrêta devant l'entrée de l'un des clubs les plus sélects de Londres. MJ s'y était également rendue précédemment.

Nikos régla la course, puis se tourna vers elle.

— C'est le club auquel Christian appartient, dit-il. Il n'est pas rare qu'il y déjeune. Parfois même, il y travaille.

Contrairement à son frère, Christian n'était pas entré dans l'entreprise familiale. Il commençait à se faire un nom en tant que créateur de mode. C'était probablement quelque chose qu'ils avaient en commun, lui et Siena : leur créativité. Pour sa part, Siena développait ses talents artistiques sur divers supports. MJ avait une immense admiration pour les dons de sa jumelle, et ne doutait pas qu'elle ne marque de son empreinte le monde de l'art.

Avec ses murs lambrissés, ses hauts plafonds et ses épais tapis, le club présentait l'apparence résolument traditionnelle de ce genre d'endroits. MJ se dirigea droit vers le bar et se hissa sur l'un des hauts tabourets.

— Salut, Dave, lança-t-elle au barman.

L'homme la salua d'un signe de tête.

— Qu'est-ce que je te sers, MJ ?

— Comme la dernière fois.

Désignant Nikos, le barman s'enquit :

— Et pour monsieur, qu'est-ce que ce sera ?

— La même chose que pour mademoiselle, répondit Nikos.

S'installant sur un tabouret, il se tourna vers MJ et déclara :

— Si je comprends bien, tu es également passée ici.

MJ ne se donna pas la peine de commenter.

— Je te présente le frère de Christian, Dave, fit-elle lorsque le barman posa leurs verres devant eux.

— Je n'ai toujours pas revu ta sœur, dit-il avant de se tourner vers Nikos. Et Christian ne s'est pas montré depuis plus d'une semaine. J'ai vérifié auprès du personnel.

C'était exactement ce que MJ avait prévu.

— Merci, Dave, fit-elle.

— Dave ? lança Nikos, est-ce que, par hasard, Raymond Diaz, Freddy Smythe et Solomon Golding seraient là ?

Le barman acquiesça de la tête.

— Si vous ne les trouvez pas dans la salle de lecture, répondit-il, tentez votre chance dans celle de billard.

— Je vais t'attendre ici, proposa MJ. J'imagine que ça se passera mieux si je ne suis pas sur tes talons.

De l'autre côté du bar, Dave laissa échapper un petit gloussement qui fit hausser les sourcils à Nikos.

MJ plissa le nez.

— Ma dernière rencontre avec eux ne s'est pas très bien passée, expliqua-t-elle.

Environ un quart d'heure plus tard, Nikos vint la retrouver.

— De bonnes nouvelles ? s'enquit-elle.

Avec un soupir résigné, il se hissa sur son tabouret.

— Pas la moindre.

— Au moins, je ne t'ai pas entendu hurler. Il paraît qu'on m'entendait brailler jusqu'ici.

— Tu leur as crié dessus ?

— Ils s'étaient montrés particulièrement agaçants, avec leurs mines de conspirateurs. Ça m'a vraiment mise hors de moi.

Derrière son bar, Dave éclata de rire.

— C'est probablement pour ça que tu as renversé ton verre sur les genoux de Freddy, dit-il.

— Tu as *vraiment* fait ça ?

MJ n'aurait su dire si le ton de Nikos était davantage surpris qu'admiratif, ou l'inverse. Peut-être les deux, conclut-elle.

— Oui. Ensuite j'ai été raccompagnée à la porte *manu militari*.

— Pas par moi, se hâta de préciser Dave. Personnellement, j'aurais plutôt flanqué une bonne claque à Freddy Smythe.

— Je vous aurais soutenu, déclara Nikos d'un ton ferme.

Il avala ce qui restait dans son verre, puis se tourna vers MJ.

— On y va ? lui lança-t-il.

Se laissant glisser en bas de son tabouret, elle salua Dave de la main, et emboîta le pas à Nikos.

— Où allons-nous ?

— Dans le Devon. Diaz a laissé échapper quelque chose impliquant que mon frère aurait quitté Londres. Il a essayé de se raccrocher aux branches quand Smythe lui a balancé un coup de pied discret, mais je n'ai pas gobé leurs faux-fuyants.

Ces trois pantins avaient dû oublier qu'on ne sous-estime pas un impitoyable homme d'affaires de la trempe de Nikos Constantinos, s'amusa MJ en son for intérieur.

— Donc, nous prenons la direction de votre maison de famille dans le Devon, c'est ça ? lança-t-elle à Nikos pendant qu'il hélait un taxi.

— Rentre chez toi préparer un sac pour deux ou trois jours, dit-il en lui tenant la porte. Je passerai te chercher dans une heure.

Opinant de la tête, MJ conclut :

— Je vais prendre mon passeport. On ne sait jamais.

Nikos arrêta sa voiture devant le manoir géorgien que sa grand-mère maternelle avait offert à sa fille en cadeau de mariage. Ensuite, il se tourna vers la jeune femme endormie sur le siège passager.

Au repos, son visage laissait apparaître la pâleur du teint et les cernes foncés que faisaient oublier sa force de caractère et son indéfectible humour. Tout à coup, Nikos prit conscience que le souci de MJ pour sa sœur n'avait rien de théorique. C'était une inquiétude tout à fait réelle.

Un frisson glacé lui parcourut l'échine. Quel était le problème de Siena ? Dans quel pétrin Christian s'était-il fourré ?

Tendant la main, Nikos se prépara à toucher l'avant-bras de MJ, puis suspendit son geste. Cela aurait signifié un contact avec sa peau nue. Par prudence, il se contenta de la secouer par l'épaule. Mais même à travers le T-shirt de coton, il sentit sa chaleur pénétrer ses doigts, et se répandre dans ses veines.

Ouvrant les yeux, MJ cligna des paupières à plusieurs reprises avant de lui sourire. Un sourire tellement ravageur que Nikos en eut le souffle coupé.

— Nous sommes arrivés, dit-il d'une voix étrangement rauque.

Se redressant, MJ s'étira.

— Quelle heure est-il ? demanda-t-elle.

— Quatre heures et demie.

— Eh bien, tu n'as pas perdu de temps !

Un instant, MJ s'absorba dans la contemplation de la façade du manoir, puis elle ajouta :

— C'est magnifique. Alors, ta mère habite là ?

— Le plus souvent. Elle est absente en ce moment.

— Quel dommage ! J'ai déjà rencontré ton père et Christian, mais jamais ta mère.

Cela n'avait rien d'étonnant, songea Nikos. La plupart du temps, cette dernière vivait à New York avec son second mari. Pendant ses courts séjours en Angleterre, elle résidait dans le Devon pour éviter Londres.

Sourcils froncés, Nikos s'interrogea. MJ ignorait-elle ce

qu'il s'était passé dix-huit ans auparavant ? N'avait-elle pas eu connaissance de la liaison torride entre son père et Tori ? Ni des terribles conséquences qui s'en étaient suivies ?

S'extirpant du véhicule, MJ s'étira à nouveau, puis elle vérifia les appels sur son téléphone.

— Tu as des nouvelles de Christian ? interrogea-t-elle.

— Non, pas encore.

Ouvrant le coffre pour en retirer leurs bagages, Nikos entendit MJ lâcher dans un soupir :

— Rien de mon côté, non plus. *Nada*.

Les aboiements familiers des deux chiens de la maison, Seth et Rufus, leur parvinrent. La gouvernante, Mrs Digby, devait avoir ouvert la porte, et elle les attendait probablement en haut du perron. Tout à coup, il eut le sentiment que quelque chose clochait. MJ était silencieuse, et bien qu'elle soit cachée à sa vue par le capot relevé il avait la sensation qu'elle était étrangement immobile.

Faisant un pas de côté, il découvrit l'expression de la jeune femme. Les yeux écarquillés, elle fixait les chiens. Son visage avait perdu toute couleur, et elle s'était figée, tous ses muscles tendus. Il ne lui en fallut pas davantage pour intervenir.

— Assis ! lança-t-il aux chiens avant qu'ils n'aient le temps d'arriver jusqu'à MJ.

À son commandement, ils s'arrêtèrent en dérapant sur le gravier. MJ gardait un regard éperdu, ouvrant les yeux tellement grands qu'on aurait pu croire que le ciel y sombrait. Nikos vint se placer entre elle et les chiens pour les soustraire à sa vue.

— *MJ,* regarde-moi, fit-il.

Devant son absence de réaction, il la prit par le menton pour l'obliger à rencontrer son regard.

— Tu as peur des chiens ? questionna-t-il doucement.

— Les… grands… grands chiens. T-t-terrifiée…

Elle claquait des dents.

— Attaquée… Six…, bredouilla-t-elle.

Avait-elle été attaquée lorsqu'elle avait six ans, ou par six chiens ? s'interrogea Nikos.

Dans une tentative de la réconforter, il lui frictionna les bras. Peut-être un contact humain l'aiderait-il à s'extraire de cette effroyable terreur ?

MJ lui planta les ongles dans l'avant-bras.

— J'ai… j'ai… une cicatrice, murmura-t-elle. Siena aussi…

Manifestement, Seth et Rufus lui faisaient revivre son pire cauchemar.

— Oh ! ma petite, ces deux-là ne vous feront aucun mal ! Ce sont des agneaux.

Mrs Digby venait d'apparaître à leurs côtés, mais Nikos était certain que MJ était trop prisonnière de son épouvante pour prêter attention à ces paroles rassurantes.

— Enfermez-les dans la cuisine, s'il vous plaît, Mrs Digby, dit-il.

Sans un mot de plus, la gouvernante reprit le chemin de la maison avec les chiens sur ses talons. Laissant échapper un juron étouffé, Nikos attira MJ contre lui, faisant aller ses paumes le long du dos crispé de la jeune femme pour la rasséréner. Mais elle demeurait perdue dans son souvenir effroyable. Sous ses mains, Nikos la sentait tellement fragile. La soulevant dans ses bras, il l'emporta jusqu'au salon où il la déposa sur un canapé. Versant une mesure de cognac dans un verre, il vint s'asseoir à côté d'elle et la força à avaler une gorgée du liquide ambré.

Une quinte de toux secoua MJ. Son visage reprit quelques couleurs. Elle repoussa la main de Nikos.

— Qu'est-ce que tu essaies de faire ? grommela-t-elle. Tu veux me tuer ? Ce truc est horrible !

Nikos feignit l'indignation.

— Horrible ? Mon meilleur cognac ?

Tendant à nouveau le verre vers MJ, il ajouta :

— Bois encore un peu. Ça va te faire du bien.

— Pas question ! Ce qu'il me faut, c'est une tasse de thé bien fort. Le thé est le remède à tout.

— Mrs Digby est certainement en train de s'en occuper.

Il émanait de MJ un délicieux parfum de pomme et de

vanille, aussi Nikos préféra-t-il s'installer sur le canapé en face d'elle. Le souvenir de ce corps souple serré entre ses bras, quand il l'avait portée dans la maison, le titillait.

Fort heureusement, Mrs Digby entra avec un plateau chargé d'une théière, de deux tasses, et d'un cake.

— Hum, ça a l'air divin ! s'exclama MJ. Merci beaucoup, Mrs Digby.

Joignant les mains, elle les regarda à tour de rôle, plissant son petit nez.

— Je voudrais m'excuser, dit-elle. Nous sommes à la campagne, et j'aurais dû m'attendre à ce qu'il y ait des chiens. J'ai vécu une mauvaise expérience, dans mon enfance. Habituellement, quand je vois un gros chien, je fais toute une série de choses qu'un psy m'a indiquées… Mais là, j'étais perdue dans mes pensées…

Probablement, songea Nikos, parce qu'elle était trop préoccupée par ce qu'il était advenu de Siena et Christian.

— Tu venais juste de te réveiller, avança-t-il pour dissiper la gêne qu'il sentait poindre sous les excuses de MJ. Tu n'as pas à t'excuser. C'est normal que tu aies été surprise.

— Et vous n'avez plus à vous faire de souci, Miss Mabel, je garderai les chiens dans la cuisine, offrit la gouvernante. Mais…

Elle s'interrompit, l'air embarrassé.

— Qu'y a-t-il, Mrs Digby ? demanda Nikos. Est-ce que vous savez quelque chose au sujet de mon frère ?

— Non…, je n'ai pas vu votre frère depuis qu'il est venu avec quelques amis il y a six semaines, sauf que…

La gouvernante lança un coup d'œil en direction de MJ.

— Sauf que, quoi ? insistèrent Nikos et MJ d'une même voix.

— C'est-à-dire que…, reprit Mrs Digby en hésitant, vous n'aviez pas semblé à ce point effrayée par Seth et Rufus, cette fois-là.

MJ eut un grand sourire.

— C'était certainement ma sœur, Siena, rectifia-t-elle. Moi, je suis sa jumelle, Marjorie Joan. MJ, plutôt. Je préférerais que vous m'appeliez ainsi, au lieu de Miss Mabel.

La gouvernante ouvrit des yeux ronds.

— Vous vous ressemblez comme deux gouttes d'eau ! dit-elle.

— Comme de vraies jumelles.

— Eh bien, soyez la bienvenue à Sedgewick House, Miss MJ ! déclara Mrs Digby, avant de se tourner vers Nikos. Resterez-vous longtemps, Mr Nikos ?

— Pour une nuit seulement.

— Votre chambre est prête. Dois-je préparer la chambre rose pour Miss MJ, ou bien… ?

Mrs Digby s'imaginait-elle qu'ils couchaient ensemble ? s'indigna intérieurement Nikos.

— La chambre rose conviendra parfaitement, intervint MJ avant qu'il n'ait le temps de réagir.

Nikos s'interrogea : devait-il comprendre que son frère et Siena avaient partagé la même chambre lorsqu'ils avaient séjourné au manoir ? C'était une question qu'il ne se permettrait pas de poser. Il était hors de question qu'il s'immisce dans la vie privée de son cadet.

Empoignant son portable, il lui laissa un nouveau message, demandant qu'il le rappelle au plus vite.

Lorsqu'il posa le téléphone, MJ lui tendit une tasse de thé, et une tranche de cake.

— Merci de te montrer aussi compréhensif, dit-elle. Et aussi… *gentil*. Je veux dire, au sujet des chiens, et tout le reste.

Sans le quitter des yeux, elle plongea les lèvres dans son thé. Maintenant que Nikos l'avait contemplée dans l'abandon du sommeil, il ne pouvait effacer cette image de sa rétine.

— Je n'ignore pas combien il doit te paraître difficile de faire preuve de gentillesse à l'égard d'une Mabel, reprit-elle. Je suis désolée si cela te met dans une position inconfortable.

L'estomac de Nikos se serra. Depuis un moment déjà il avait oublié que MJ appartenait au clan ennemi. Cela ne l'avait pas effleuré quand il l'avait vue pétrifiée par la terreur que lui inspiraient les chiens. Tout ce qui lui avait importé, alors, c'était qu'elle se sente en sécurité.

— Je ne suis pas un monstre, MJ, dit-il.

— Tu es tout sauf cela, j'en ai bien conscience, acquiesça MJ.

Soucieux d'échapper à une conversation qui prenait un tour dangereux, Nikos préféra changer de sujet.

— Raconte-moi ce qu'il s'est passé avec ce chien qui t'a attaqué, fit-il.

Tout en sirotant son thé, MJ s'installa confortablement sur le canapé.

— Nous avions six ans, Siena et moi, et nous passions l'été chez tante Joan, expliqua-t-elle. Nous étions intrépides, et nous n'avions pas de plus grand plaisir que d'explorer les environs de la propriété. Un jour, nous avons eu l'idée saugrenue d'escalader le mur du parc des voisins. Ce que nous ne savions pas, c'était que ceux-ci venaient de faire l'acquisition d'un chien de garde.

Elle s'interrompit pour esquisser une petite grimace, puis enchaîna :

— Il ne lui a pas fallu longtemps pour nous repérer. Tout à coup, ce molosse s'est précipité sur nous. Bien sûr, nous avons détalé aussi vite que nous le permettaient nos petites jambes.

— Un grand chien courrait certainement plus vite que deux gamines de six ans, observa Nikos.

Il se figurait très bien l'adorable fillette qu'avait dû être MJ.

— Exactement, confirma-t-elle. En quelques secondes il s'est jeté sur Siena pour la mordre à la cuisse. J'étais paniquée, mais j'ai repéré un râteau qui traînait, et je l'ai attrapé pour le frapper. J'ai tapé aussi fort que je pouvais et il a fini par lâcher Siena pour me mordre à l'épaule. Heureusement, nos cris ont alarmé le voisinage, et le jardinier a foncé à notre secours.

— Vous n'étiez pas trop sérieusement blessées ?

— Non. On a eu droit à quelques points de suture, c'est tout. Le résultat, c'est que je ne porte jamais de tops à bretelles, et Siena évite les minijupes.

Elle laissait de côté les autres blessures que l'épisode leur avait infligées.

— Est-ce que tes cicatrices te gênent ?

— Non, pas moi. Mais ce n'est pas le cas pour Siena…

À voir la mine chagrinée de MJ, Nikos se dit que, décidément, MJ était prête à tout pour sa jumelle.

Une fois qu'ils auraient mis la main sur celle-ci – ce à quoi il était fermement décidé –, il aurait certainement du mal à ne pas la secouer un peu pour avoir causé tant d'angoisses inutiles à sa sœur dévouée.

4.

— J'ai fait le tour de Londres à ta recherche, et je suis actuellement dans le Devon. Personne ne t'a vu nulle part depuis plus d'une semaine. Apparemment, tu es en compagnie de Siena Mabel. Sa sœur se fait un mauvais sang épouvantable à son sujet. D'après ce que j'ai compris, Siena a besoin de soins médicaux. Je te préviens, si tu ne me contactes pas au plus tard demain, je lance la police à vos trousses !

Mettant un terme à son appel d'un index rageur, Nikos lança le téléphone sur la table basse et entreprit d'arpenter le salon à grandes enjambées.

— Ça ne fait pas le même effet qu'un *vrai* téléphone, n'est-ce pas ? fit observer MJ comme il revenait vers elle. Je me souviens d'avoir vu ma mère raccrocher au nez de quelqu'un, quand j'étais petite. Tu sais, avec ce genre d'appareil à fil qu'on avait autrefois. Ça avait l'air tellement plus satisfaisant qu'appuyer sur un écran ridicule…

L'image restait gravée dans l'esprit de MJ. Jamais elle n'avait vu sa mère dans une telle colère.

Nikos se laissa tomber sur le canapé en face d'elle. Le feu crépitait dans l'âtre. La soirée n'était pas particulièrement fraîche, mais cela s'ajoutait agréablement à l'atmosphère. Bien qu'il ne soit pas encore très tard, MJ étouffa un bâillement.

— Tu penses qu'ils ont quitté le pays ? demanda Nikos. C'est pour cette raison que tu as emporté ton passeport ?

— Je ne sais pas.

MJ se força à soutenir le regard de Nikos. Malgré elle,

son visage s'empourpra au souvenir du sentiment de sécurité qui l'avait envahie lorsqu'elle s'était retrouvée dans ces bras puissants, alors que la terreur la paralysait.

Cela lui rappelait l'épisode qui s'était déroulé dans la boîte de nuit, huit années auparavant, lorsque Nikos l'avait tirée à l'écart du chemin d'un poivrot. Elle s'était à la fois sentie protégée comme jamais, et plus vivante qu'elle ne l'aurait cru possible. Jamais elle n'avait désiré un homme autant que Nikos au cours de cet incident fugitif. Ce souvenir continuait à la troubler.

Comme la troublait l'impression ressentie quelques instants plus tôt, lors de sa rencontre avec les chiens. Malgré sa panique, MJ avait eu la sensation d'être formidablement à l'abri entre les bras de Nikos. Ce qui était du plus haut ridicule. Cet homme la détestait.

Bon, ce n'était peut-être plus aussi simple que cela. Il semblait prendre conscience que c'était son appartenance au clan ennemi, qu'il détestait. Il n'avait rien contre elle.

— Marjorie ?

La voix de Nikos l'arracha à ses pensées.

— Je suppose que s'ils étaient encore dans le pays, nous en aurions eu vent, dit-elle. Mais je peux me tromper.

Si seulement elle parvenait à s'entretenir avec Siena par téléphone…

— Est-ce que tu es en mesure de t'absenter comme ça de ton travail ? s'enquit Nikos. J'ai appris que tu avais été nommée vice-présidente du Groupe Mabel.

— J'ai pris un mois de congé. Et toi ? En tant que P-DG du Groupe Leto, tu peux perdre du temps à m'aider ?

— Je me débrouillerai. Est-ce que tu veux boire quelque chose ?

D'un signe de tête, MJ déclina la proposition.

— Cela ne te dérange pas si je me sers un verre ? demanda Nikos en se dirigeant vers le bar.

— Pas du tout.

Une fois qu'il se fut versé un cognac, il revint s'asseoir.

— Tu dis que ta sœur est brouillée avec ton père et toi, fit-il. Que fait-elle, habituellement, pour panser ses plaies ?

Le cœur de MJ se serra.

— En temps normal, répondit-elle, Siena se lancerait dans un nouveau projet artistique, puis elle viendrait me parler. Nous avons déjà eu des brouilles, mais cela ne dépassait pas trois jours. C'est la première fois que ça dure aussi longtemps.

Appuyant les coudes sur ses genoux, Nikos se pencha en avant comme pour mieux se concentrer sur ce qu'elle disait. MJ eut la sensation que la pièce s'était rétrécie.

— Christian ajoute un joker au jeu, poursuivit-elle d'une voix qu'elle ne put empêcher de trembler. Tant que je n'aurai pas parlé à Siena, je ne saurai pas ce qu'elle a en tête.

— Un joker, ça peut s'utiliser de manière positive ou négative, observa Nikos.

MJ jugea qu'il lui fallait répondre avec prudence. Ce n'était pas le moment de se mettre Nikos à dos.

— J'espère que Siena s'est tournée vers lui pour obtenir du soutien, comme elle le fait avec moi. D'après tout ce que j'ai entendu, Christian est quelqu'un de gentil et raisonnable.

Elle vit Nikos esquisser une moue.

— Gentil, fit-il, c'est effectivement ce qu'il est. Trop peut-être. Certains en ont même exagérément profité.

Pour un peu, MJ aurait juré à voix haute. Il était impératif que Christian se montre raisonnable pour deux.

Les doigts de Nikos se crispèrent autour du pied de son verre.

— Qu'est-ce qui te tracasse ? demanda-t-il.

Décidément, il lisait en elle comme à livre ouvert !

— Je ne sais pas comment dire…, répondit-elle en se mordillant l'ongle du pouce.

Avant que Nikos n'ait le temps de réagir, MJ contre-attaqua avec une question :

— Est-ce que tu pourrais me raconter une anecdote sur toi et ton frère ? Quelque chose d'un peu… *ordinaire*. Typique.

Ce que MJ espérait, c'était que Nikos lui fournisse quelques indices sur la personnalité véritable de Christian.

Cela lui indiquerait peut-être comment lui et Siena seraient susceptibles d'agir.

S'adossant à son siège, Nikos croisa nonchalamment les jambes. Il cherchait à afficher une totale décontraction, mais un sixième sens indiquait à MJ que ce n'était qu'un simulacre.

— Que veux-tu dire ? Donne-moi un exemple au sujet de toi et Siena, et je comprendrai mieux.

MJ laissa échapper un petit rire forcé. Manifestement, Nikos n'était pas disposé à se livrer. Elle se leva.

— Je suis fatiguée, dit-elle. Il vaut mieux que j'aille me coucher.

— *Non !*

L'exclamation semblait avoir franchi les lèvres de Nikos sans qu'il puisse s'en empêcher. Il se reprit et ajouta :

— Je suis un homme de parole, MJ. J'ai promis de collaborer avec toi, et je ne compte pas me soustraire à ma promesse. Raconte-moi une anecdote sur toi et Siena, et j'aurai une meilleure idée de ce que tu souhaites entendre à mon sujet et au sujet de Christian.

— Mais je t'ai déjà parlé de quelque chose que nous avions vécu dans notre enfance, non ?

Reprenant place sur le canapé, MJ changea son fusil d'épaule.

— Bon, voyons, fit-elle, comment Christian se comporte-t-il quand il est amoureux ?

Le coup d'œil que Nikos lui lança aurait découragé quelqu'un de moins déterminé qu'elle.

— Christian n'est *pas* amoureux de Siena ! lança-t-il.

— D'accord. Alors dis-moi comment il agit quand il a juste… envie de séduire.

D'une gorgée, Nikos avala ce qu'il restait dans son verre, puis le posa sur la table d'un geste rageur.

— Eh bien, il se met en quatre pour faire plaisir à sa conquête. Elle est le centre du monde, et il ne recule devant aucun sacrifice pour la satisfaire.

— Imaginons que Siena veuille commettre une imprudence,

est-ce qu'il la soutiendrait ? Ou bien serait-il la voix de la raison, et essaierait-il de l'en dissuader ?

— Je parierai plutôt sur la première option.

Bon sang de bonsoir !

— Siena est dotée d'un tempérament d'artiste, expliqua MJ. Aussi bien dans son art que dans la vie, il peut lui arriver de se focaliser sur une idée et de la suivre aveuglément sans se soucier des conséquences.

— C'est exactement le même genre que Christian !

MJ esquissa une moue désolée.

— Habituellement, c'est moi qui suis la voix de la raison auprès de Siena, dit-elle. J'aurais aimé que Christian me remplace dans ce rôle. À t'entendre, j'ai peur qu'il ne soit prêt à la suivre aveuglément dans ses emballements.

Un regard sombre se vrilla au sien.

— Tu penses Siena capable de chercher à le mener par le bout du nez ?.

— Non, mais pour en revenir à ta demande de tout à l'heure, je vais te raconter deux anecdotes, déclara MJ. La première se déroule pendant l'été, chez notre grand-tante. C'est l'épisode que j'ai déjà évoqué. Siena et moi avions entendu parler du magnifique verger de la maison voisine. Un jardin de conte de fées ! La princesse Siena mourait d'envie de mordre dans l'un des fruits du pommier magique qui s'y trouvait forcément.

En souriant, MJ marqua une pause, assaillie par les souvenirs de ce merveilleux été. Puis elle reprit :

— Le problème, c'était de franchir le mur d'enceinte du jardin enchanté. C'est là que la princesse MJ intervient. Il lui vint à l'idée qu'elles pouvaient grimper dans les branches du vieux chêne de leur côté du mur, faire quelques pas à son sommet, avant de redescendre en s'aidant des frondaisons d'un érable qui poussait fort commodément de l'autre côté.

— Vous auriez pu vous rompre le cou !

— Il n'en a rien été. Nous étions assez agiles. Ce que nous n'avions pas prévu, c'était la présence du molosse qui n'avait pas du tout des intentions amicales à l'égard des deux intruses.

Nikos hocha la tête.

— Ainsi, fit-il, Siena avait exprimé un souhait et tu as tout fait pour qu'il se réalise. Au risque que cela se termine mal.

— Deuxième histoire, enchaîna MJ sans prendre la peine de commenter. Lorsque nous avons obtenu nos diplômes universitaires, Siena n'avait qu'une idée en tête : partir en Afrique. Elle tenait à découvrir l'art africain, et à apprendre les techniques des artistes locaux. C'était un très beau projet, sauf qu'elle était prête à se lancer tête baissée, sans trop savoir où elle mettait les pieds. Aussi, je me suis collée à la réalisation, et j'ai trouvé une ONG qui construisait des écoles au Cameroun. Nous y avons passé deux mois. Aujourd'hui les couleurs de l'Afrique continuent à influer sur l'œuvre de ma sœur.

— Donc, si je comprends bien, cette fois-là encore tu as aidé Siena à réaliser son rêve.

— Ce sont les deux faces d'une même pièce. L'une négative, l'autre positive. Le problème, aujourd'hui, c'est que je ne sais pas de quel côté la pièce va tomber, avec Christian dans le tableau.

Voyant la mâchoire de Nikos se crisper, MJ résolut qu'il valait mieux éviter de le laisser réfléchir trop longtemps à ce qu'il venait d'apprendre. Il risquait d'en conclure que Siena était l'élément moteur dans la disparition de Christian, et de lui en vouloir pour cela. Aussi se lança-t-elle :

— À ton tour, maintenant, de me raconter une anecdote à votre sujet, Christian et toi.

Un instant, Nikos demeura silencieux, et elle se demanda s'il était en train de chercher une échappatoire. Puis il sembla se décider, et ouvrit la bouche pour parler. La sonnerie stridente du téléphone les fit sursauter. Se penchant sur la table pour regarder l'écran, Nikos annonça :

— C'est Christian.

— Mets le haut-parleur, je t'en prie, supplia MJ. Je serai aussi discrète qu'une petite souris.

Après une infime hésitation, Nikos opina du chef. MJ prit cela comme une petite victoire – une marque de confiance.

— Christian ! lança Nikos. Je suis soulagé de constater que tu n'as pas été enlevé par des extraterrestres.

MJ dut résister à l'envie de lui faire les gros yeux pour qu'il cesse avec ses sarcasmes.

— Très drôle, Nik, entendit-elle répondre. Depuis quand est-ce une affaire d'État que je reste vingt-quatre heures sans te contacter ? J'espère que tu as une bonne raison pour…

— Est-ce que ça te suffit de savoir que j'ai reçu la visite de MJ Mabel ? Et qu'elle est morte d'inquiétude à l'idée de ce qu'il pourrait arriver à sa sœur ? Elle est convaincue que tu sais de quoi il en retourne. C'est vrai ?

— Je ne vois pas en quoi ça te regarde, Nik ! Je suis tout à fait capable de m'occuper de moi.

— Et de Siena, aussi ?

— Bon sang, Nick, de quoi est-ce que tu parles ?

La colère qui vibrait dans la voix de Christian fit battre plus vite le cœur de MJ.

— Écoute-moi bien, Nik, reprit-il, j'ai vingt-huit ans, et il serait temps que tu cesses de débarquer comme la cavalerie à chaque fois que je prends une décision qui te déplaît. J'ai le droit de vivre comme je l'entends.

Voyant Nikos se masser les tempes, MJ en voulut à Christian de ne pas comprendre que si son frère s'inquiétait, c'était par amour pour lui.

— La vérité, enchaîna Christian avec un petit rire sardonique, c'est que tu as peur que je ne ternisse le patronyme familial, et que je contrarie le paternel.

Nikos interrompit cette diatribe par un juron sonore avant de tempêter :

— Écoute-moi une seconde, Christian ! MJ a offert de me restituer le collier Ananké si je l'aide à retrouver Siena.

Quelques secondes de silence, puis Christian lança :

— Dis-moi que tu as refusé !

— Bien sûr que non ! Qu'est-ce que tu imagines ?

— Tu ne vaux pas mieux que notre père et notre grand-père réunis !

Si MJ s'était trouvée en situation de donner son avis, elle n'aurait certainement pas désavoué Christian.

— Et qu'est-ce qu'on fait si Siena tombe malade, relança Nikos, et que tu…

— La vie de Siena ne te concerne pas !

Sur ce, Christian raccrocha.

Nikos était affreusement pâle. Les rides autour de sa bouche s'étaient creusées, et ses yeux lançaient des éclairs. Il jeta le téléphone sur la table, puis se leva pour arpenter la pièce en maugréant des imprécations. Il finit par venir se planter devant MJ.

— Voilà ce que ta sœur a fait de mon frère ! tonna-t-il.

D'un bond, MJ fut debout, mains sur les hanches.

— Ah, parce que tout est de la faute de Siena maintenant ? rugit-elle.

L'air menaçant, Nikos s'avança. Ses narines palpitaient.

— C'est quoi, son problème ? La drogue, c'est ça ? Je te préviens que si elle y entraîne Christian, je détruirai impitoyablement tout ce à quoi tu tiens !

Levant les yeux au ciel, MJ s'exclama :

— Et voilà comment cet homme gâche tout !

Gâcher quoi ? se demanda Nikos en serrant les dents. Y avait-il encore quelque chose à gâcher quand deux générations s'étaient livrées aux trahisons les plus amères ?

— À un moment, reprit MJ, il est capable de se montrer bienveillant, raisonnable, intelligent. Mais l'instant d'après…

— Quoi, l'instant d'après ?

Elle fit volte-face, le fixant d'un regard assassin.

— L'instant d'après, tu deviens un sale type tyrannique, Nikos Constantinos, répondit MJ.

Sous l'affront, Nikos ne put retenir un mouvement de recul. Pourtant, il ne lui donnait pas entièrement tort. Il n'aurait pas dû s'emporter comme il l'avait fait. Cela faisait bien longtemps qu'il n'était pas sorti de ses gonds de cette manière.

Sauf que, tout à coup, il avait visualisé les épaules voûtées de son grand-père, les rides creusées autour de la bouche de son père, le regard éteint de sa mère… Il ne laisserait pas Christian vivre pareils chagrins. Des chagrins infligés à sa famille par le clan Mabel.

— Ça va te demander beaucoup d'efforts, Nikos, de détruire tout ce que j'aime, reprit MJ. Parce que j'aime tout un tas de choses, et plein de gens.

Se laissant tomber sur le canapé, Nikos se passa nerveusement la main dans les cheveux.

— Eh bien, tu as tort, MJ, lâcha-t-il. L'amour est une faiblesse.

Il vit MJ aller verser du cognac dans un verre qu'elle vint poser devant lui, sans un mot. Ensuite, elle quitta la pièce, ne lui souhaitant même pas bonne nuit.

Pourquoi l'aurait-elle fait, d'ailleurs ? L'avait-il mérité ?

Avant même de se rendre compte de ses actes, Nikos était debout et se précipitait dans le hall. MJ n'avait pas encore gravi la moitié de l'escalier.

— Je suis désolé de m'être emporté, lui lança-t-il.

Elle marqua une pause, sans pour autant se retourner.

— Et je suis désolé des accusations que j'ai lancées à l'encontre de Siena, ajouta Nikos. C'était injuste et… déplacé.

Tournant la tête, MJ demanda :

— Ce n'est pas trop douloureux… de présenter des excuses à une Mabel ?

Le sang battait aux tempes de Nikos.

— Si, répondit-il. Terriblement.

L'ébauche d'un sourire flotta sur les lèvres de MJ.

— Bien, dit-elle. J'accepte tes excuses. Bonne nuit, Nikos.

— Bonne nuit, MJ. Dors bien.

Un bref instant, leurs regards se vrillèrent l'un à l'autre, puis MJ s'élança dans l'escalier, gravissant les marches deux par deux. Nikos regagna le salon en espérant qu'une bonne nuit de repos rendrait quelques couleurs au charmant visage.

Le lendemain matin, Nikos trouva MJ penchée par-dessus la rampe, en haut de l'escalier, inspectant le hall du regard. Il se recula, puis se dirigea de nouveau vers elle d'un pas plus sonore afin de ne pas la faire sursauter.

Elle tourna vers lui un sourire qui serra le cœur de Nikos. Comment faisait-elle pour l'accueillir avec un sourire aussi *sincère* alors qu'il s'était conduit avec elle comme un horrible tyran, pas plus tard que la veille ? Il était certain de ne pas être digne de tant de bienveillante générosité.

Prenant conscience que le silence s'étirait exagérément, Nikos déclara :

— La voie est libre. Les chiens sont dans la cuisine.

MJ esquissa une petite moue contrite.

— C'est ridicule, dit-elle, mais je ne peux pas m'empêcher de stresser.

Les phobies n'avaient rien de rationnel, songea Nikos.

— Est-ce que tu as faim ? fit-il. Prête pour un solide petit déjeuner ?

— Ooh, oui ! C'est mon repas préféré ! J'adore les œufs au bacon, les toasts, le porridge…

Un tel enthousiasme fit sourire Nikos. Où donc MJ trouvait-elle toutes ces réserves de bonne humeur ?

À la porte de la cuisine, il lui fit signe d'attendre.

— Une minute, dit-il. Je fais sortir les chiens.

Les sourcils de MJ se froncèrent.

— Ce n'est pas juste, qu'ils soient bannis de la cuisine à cause de moi, protesta-t-elle.

— Ne t'inquiète pas. Ils adorent jouer dehors.

Quelques minutes plus tard, ils étaient assis à la grande table en chêne, pendant que Mrs Digby faisait frire des tranches de bacon et cassait des œufs dans une poêle. Par la fenêtre, on apercevait les chiens qui gambadaient dans le jardin. Voyant que MJ les suivait du regard, Nikos expliqua :

— Ils viennent d'un refuge animalier. À la mort de son mari, Mrs Digby a eu envie de ne pas se retrouver toute seule dans cette grande maison.

— C'est vrai qu'après le décès de mon pauvre mari, il y a quatre ans, la maison m'a semblé bien vide.

Elle finit de remplir une assiette qu'elle posa devant MJ, et ajouta :

— Ce sont de bons compagnons, Miss MJ, vraiment.

— Je n'en doute pas, acquiesça MJ. C'est juste que je les trouve un peu… *gros.*

Elle avait dit cela avec une grimace qui fit éclater de rire Nikos et Mrs Digby.

Fermant à demi les paupières, MJ huma le fumet qui montait de son assiette. Manifestement, elle n'avait pas exagéré en disant qu'elle adorait le petit déjeuner.

— Merci, Mrs Digby, dit-elle. Ça a l'air délicieux !

— N'hésitez pas à vous resservir, précisa la gouvernante. Si vous avez besoin de moi, je serai dans la buanderie.

Une fois que celle-ci eut disparu, MJ attaqua son assiette de bon appétit, sans pour autant cesser de jeter des coups d'œil à travers la fenêtre.

— Rufus avait été jeté par la portière d'une voiture en marche, entreprit de raconter Nikos. Lorsqu'il a été trouvé, il avait plusieurs fractures.

Fourchette et couteau en l'air, MJ leva vers lui un regard effaré.

—. Comment peut-on être aussi cruel ? s'indigna-t-elle.

Haussant les épaules, Nikos acquiesça :

— Je sais, c'est affreux. Le passé de Seth n'est pas plus joyeux. Il était dans une cour de ferme, attaché à un poteau, sans abri et à moitié mort de faim.

— Ce genre de cruauté est impardonnable !

Nikos opina du chef, tout en s'étonnant que MJ ne semble pas autant choquée par l'attitude de sa grand-tante Joan. Celle-ci n'avait-elle pas traité *pappoús* Vassili avec cruauté ?

Soudain, le sang de Nikos se glaça dans ses veines. Comment MJ réagirait-elle si elle apprenait ce qu'il s'était passé entre leurs parents. Jugerait-elle cela impardonnable ?

— Nikos ?

Il se secoua mentalement.

— Excuse-moi. Que disais-tu ?

— Rien d'important.

MJ avait posé ses couverts en travers de l'assiette qu'elle n'avait pas terminée. Nikos s'en voulut de lui avoir coupé l'appétit avec les histoires affreuses des deux chiens.

— Tu as une idée de l'endroit vers lequel nous devrions diriger nos recherches ? l'interrogea-t-il pour changer de sujet.

— Pas la moindre, mais…

Jetant un coup d'œil à sa montre, MJ ajouta :

— Je parierais que ma sœur va m'appeler dans la matinée.

— Qu'est-ce qui te fait dire ça ?

— Elle et Christian ont dû passer une bonne partie de la soirée à calculer comment faire pour que je leur fiche la paix.

MJ avait à peine fini d'exposer sa théorie, que son téléphone sonna. Elle le tourna vers lui pour qu'il voie le nom s'affichant sur l'écran.

Siena.

— Tu as un sixième sens, ma parole ! s'exclama-t-il.

MJ prit l'appel en mettant le haut-parleur.

— Merci de m'appeler, Siena, dit-elle. Je me faisais un mauvais sang de tous les diables.

— Écoute, Jojo, lança Siena, j'ai deux ou trois choses à te dire. Ça ne sera pas long.

— Moi aussi, rétorqua MJ, j'ai certaines choses à dire. Promets-moi de ne pas raccrocher avant que j'aie fini.

— C'est bon. Mais c'est moi qui commence, Jojo. Tout d'abord, j'ai besoin de prendre un peu de distance. Cela fait trop longtemps que je m'en remets à toi pour tout un tas de choses, et il est temps que ça cesse. Dorénavant, j'ai l'intention de voler de mes propres ailes.

MJ ferma les yeux, puis les rouvrit d'un air las.

— Quand tu parles de prendre tes distances, ce serait pour combien de temps ? questionna-t-elle d'une voix nouée. Une semaine ? Un mois ?

Siena ne répondit pas.

— Plus longtemps ?

À percevoir la panique dans le ton de MJ, Nikos sentit son estomac se nouer.

— Je ne sais pas, finit par lâcher Siena. Je ne suis pas comme toi. Je ne planifie pas ma vie des années à l'avance.

Nikos vit MJ reculer littéralement comme sous l'effet d'une gifle. Il lança un regard furibond en direction du téléphone.

Cette Siena n'était qu'une affreuse ingrate !

— Et, Jojo…, reprit cette dernière en marquant une hésitation, il faut aussi que tu cesses de m'utiliser pour combler le manque que tu ressens depuis la mort de maman.

Sous le coup, MJ devint mortellement pâle, et Nikos ne put se retenir de lui prendre la main.

— C'est la chose la plus horrible que tu ne m'aies jamais dite, Sisi, s'étrangla-t-elle en serrant les doigts de Nikos à lui faire mal.

Pendant quelques secondes, Siena demeura muette. Puis, elle lança :

— Tenez-vous le pour dit, Nikos et toi, si vous lancez un détective à nos trousses, ni Christian ni moi ne vous le pardonnerons. C'est bien compris ?

— Parfaitement.

MJ prit une inspiration avant de poursuivre :

— Moi aussi, j'avais quelque chose à te dire, Sisi. J'ai vu ton médecin. Elle m'a informée des résultats de tes tests.

— *Quoi ?* Mais c'est une atteinte à la vie privée !

— On s'est croisées à notre hôtel de Chelsea. Elle déjeunait avec un de nos clients. Je portais la jupe gitane que tu m'as offerte pour mon anniversaire. Elle nous a confondues.

— Et tu ne l'as pas détrompée ?

— Écoute-moi ! Elle dit qu'il te faut d'autres analyses. Tu ne peux pas courir de risques avec ta santé !

La voix de MJ avait retrouvé un peu de son énergie habituelle.

— Ma santé, c'est mon affaire, Jojo ! C'est ma vie. Je suis tout à fait capable de prendre les décisions qui s'imposent.

Le ton de Siena fit ciller Nikos.

— Tu oublies que tu entraînes Christian dans cette histoire, tempêta MJ. Est-ce qu'il est au courant ?

— C'est ce que vous cherchez, Nikos et toi, pas vrai ? À nous séparer ? Eh bien, vous n'y arriverez pas !

La communication fut interrompue brutalement. Le désespoir sur le visage de MJ bouleversa Nikos.

Mais soudain une affreuse pensée s'imposa à son esprit : les deux sœurs étaient de vraies jumelles. Cela signifiait-il que MJ, elle aussi, était malade ?

5.

Gagnant l'une des hautes fenêtres, MJ laissa son regard errer sur le jardin sans véritablement voir ce qui s'offrait à sa vue. Le cœur serré, elle avait l'impression que tout son corps la faisait souffrir. Dire qu'elle avait cru que s'entretenir avec Siena l'aiderait à prendre une décision !

Malheureusement, MJ n'était pas plus avancée qu'avant. Ce qui la mettait dans une panique totale !

Elle n'avait pas menti en disant à Nikos qu'elle aimait beaucoup de choses, et bon nombre de gens. Mais la personne qui comptait le plus pour elle, c'était indubitablement Siena.

Fermant les paupières, MJ pressa une main contre sa poitrine.

— Marjorie ?

Ouvrant, les yeux, MJ se contraignit à affronter le regard de Nikos.

— Je suis désolée, Nikos, murmura-t-elle, mais ce coup de téléphone ne m'a apporté aucune des réponses que j'attendais. Je crains d'être toujours aussi perdue.

Nikos semblait se préparer à réagir, mais MJ n'avait pas le cœur à discuter. Elle avait besoin d'action. Se tournant à nouveau vers la fenêtre, elle observa les chiens qui gambadaient joyeusement.

Sans un mot, elle se dirigea vers la porte de service donnant sur le jardin. Lorsqu'elle s'avança, après avoir refermé derrière elle, les deux cerbères interrompirent leurs jeux pour fixer leur attention sur elle. MJ se sentit faiblir.

Elle était seule face à ces deux molosses ! Nikos eût-il

ouvert la porte, à cet instant, qu'elle se serait jetée dans ses bras sans réfléchir.

Ne sois pas aussi lâche !

Après tout, la frayeur que lui inspiraient les chiens n'était-elle pas insignifiante en comparaison de l'angoisse qui lui nouait l'estomac à chaque fois qu'elle pensait à Siena ?

Se contraignant à ignorer le tremblement de ses jambes, MJ gagna un vieux banc de pierre sur lequel elle se laissa tomber.

Rufus, le plus intrépide des deux compagnons, s'avança, tenant un bâton dans la gueule. Le souffle court, MJ ne le quitta pas des yeux tandis qu'il approchait. Il s'immobilisa à quelques pas, détournant la tête.

— Oh ! lâcha MJ. Tu n'aimes peut-être pas qu'on te fixe comme je le fais. Le problème, c'est que je ne suis pas tout à fait à l'aise avec tes congénères, vois-tu.

L'animal se remit en marche très lentement, comme s'il avait compris ses réticences. Puis il déposa le bâton aux pieds de MJ. Cela la fit fondre, et elle tendit la main pour caresser son cou. La tête de Rufus vint se nicher sur ses genoux et il se mit à remuer frénétiquement la queue en réponse aux caresses que MJ lui prodiguait. Elle éclata de rire.

— Eh bien, fit-elle, on dirait que j'ai réussi à briser la glace !

Il leva vers elle un regard débordant d'adoration.

— Oh ! mon chou, dit-elle, tu ne devrais peut-être pas être si confiant. Tu ne me connais pas. Mais où est passé ton copain ?

Seth semblait plus prudent, et il se tenait à distance.

— Salut, Seth ! lança-t-elle en tendant la main vers lui. Tu voudrais un câlin, toi aussi ?

Ce fut pratiquement en rampant qu'il s'approcha. MJ sentit les larmes lui monter aux yeux.

— Oh ! Seth ! gémit-elle. N'aie pas peur, mon vieux.

Lorsqu'elle put enfin lui caresser la tête, le chien se mit à frétiller avec enthousiasme. Puis il entreprit de lui lécher la main, le bras, et même le visage. MJ gloussa.

Les deux chiens finirent par sauter sur le banc, de part et

d'autre d'elle, la poussant chacun d'un museau affectueux. C'était inespéré : un moment de pure béatitude.

— Rufus ! Seth ! À terre !

L'ordre impérieux avait résonné dans le dos de MJ. Rufus sauta immédiatement au sol, mais Seth s'y laissa glisser avec une réticence comique.

— Assis !

Les deux chiens obtempérèrent. Puis ils se jetèrent à la poursuite de la balle qui leur était lancée.

Lorsque Nikos vint s'asseoir à côté d'elle, MJ eut soudain la conscience aiguë de toute cette virilité contenue dans le carcan du denim et le fin lainage du pull-over – la largeur de la carrure, la puissante musculature des cuisses visible à travers l'étoffe du pantalon…

Elle sentit une myriade de papillons battre des ailes dans sa poitrine. Avant ce matin, elle n'avait jamais vu Nikos vêtu autrement que dans un costume à la coupe impeccable. C'était une tenue qu'il portait à la perfection, et qui mettait en valeur sa masculinité. MJ découvrait qu'il était tout aussi attirant en jean. Tout aussi somptueux, et peut-être un peu moins intimidant…

Il lui fallait faire taire au plus vite l'inclination qu'elle sentait poindre en elle. Sinon, elle s'exposait à de sérieux déboires. Y céder serait une faiblesse dont Nikos ne se priverait pas de tirer parti.

— Tout va bien ? questionna-t-il en lui prenant la main.

Le regard de MJ s'attarda sur la vision de leurs deux mains nouées.

— Oui, très bien.

— Ce que tu viens de faire est d'un courage étonnant, dit-il.

MJ leva les yeux vers lui.

— Ça n'a rien d'extraordinaire. Un acte de courage aurait été se jeter au milieu d'une meute en furie pour sauver un enfant, par exemple. Ou bien…

— Non ! Ce genre de comportement est une simple réaction

instinctive. Irréfléchie. Toi, tu as sciemment affronté une terreur qui t'a paralysée pendant la majeure partie de ta vie.

Lorsqu'il relâcha sa main pour lancer une nouvelle fois la balle aux chiens, MJ regretta sa chaleur.

— Dis plutôt que je me suis simplement mesurée à deux bonnes pâtes dont je savais ne rien avoir à craindre.

Nikos tourna vers elle un regard appréciateur.

— Je suis vraiment impressionné que tu n'aies pas paniqué quand ils sont pratiquement montés sur tes genoux.

S'efforçant de ne pas se laisser troubler par l'admiration manifeste de Nikos, MJ haussa les épaules.

— La seule crainte que je pouvais avoir, dit-elle, c'était d'être étouffée par leurs démonstrations de tendresse.

Lui décochant un sourire lumineux, Nikos renvoya la balle aux deux compères.

Oh ! ce sourire ! Seule solution : détourner le regard.

— Qu'est-ce qui t'a décidée à aller vers eux ? s'enquit-il.

MJ se tourna vers lui, mais la lueur qu'elle vit briller dans ses yeux n'aida pas à ce que son pouls retrouve un rythme plus mesuré. Elle haussa une épaule.

— J'en avais assez d'être taraudée par des craintes diverses, répondit-elle.

En le voyant opiner du chef, MJ eut le sentiment qu'existait entre eux une surprenante harmonie. C'en était presque déstabilisant.

— Après cette conversation avec Siena, reprit-elle en plissant le nez, je crois que j'ai eu besoin de me donner l'illusion que je pouvais exercer un contrôle sur certaines choses.

Nikos esquissa une petite moue.

— Peut-être faudrait-il que je trouve une crainte à dominer, moi aussi ? fit-il. Pour que j'aie également l'impression d'être encore en mesure de maîtriser certaines situations…

MJ fit claquer ses paumes sur ses cuisses.

— Eh bien, tu n'auras pas à chercher très loin, puisque tu as peur de moi ! s'exclama-t-elle.

Elle avait lâché cette phrase sans même y réfléchir.

Très lentement, Nikos pivota sur le banc pour lui faire face, dardant le regard sur la bouche de MJ. Elle vit une crispation nerveuse faire palpiter un muscle de sa mâchoire.

— Et comment réagirais-tu, Marjorie, si je manifestais le désir de te dominer ?

Au ton sur lequel il avait proféré cette question, MJ eut la sensation que de la lave en fusion courait dans ses veines. Ce fut au prix d'un effort considérable qu'elle parvint à détacher son regard de celui de Nikos.

— Dominer la crainte que je t'inspire et me dominer, sont deux choses entièrement différentes, Nikos, répliqua-t-elle.

Décidément, cette conversation commençait à prendre un tour inattendu ! Il était temps d'y mettre un terme, décida MJ en se levant. Mains plantées sur les hanches, elle abaissa sur Nikos un regard courroucé.

— Je plaisantais, MJ, protesta Nikos. Pardonne-moi. J'admets que ce n'était pas de très bon goût. Mais j'avais besoin de retourner la situation, parce que tu as tapé un peu trop juste en disant que j'ai peur de toi.

Se contraignant à sourire pour lutter contre l'envie de pleurer qui lui serrait la gorge, MJ riposta :

— Tu n'as pas véritablement peur de moi, Nikos. C'est juste que tu détestes l'idée que je sois une Mabel. La seule manière de dominer cette antipathie naturelle serait d'apprendre à me connaître pour abandonner tes préjugés à mon égard.

Sauf que cela n'arriverait jamais, se désola-t-elle *in petto*. Nikos n'était pas prêt à abattre les barrières dont il s'était entouré.

— Quoi qu'il en soit, ajouta-t-elle en désignant les chiens de la main, mon expérience avec ces deux-là a été… un *cadeau*.

Nikos pinça les lèvres.

— Devrais-je te considérer comme un cadeau ? fit-il.

Cette pensée amena un sourire sur les lèvres de MJ.

— Et comment, que je suis un cadeau ! s'exclama-t-elle.

Nikos se mit debout avec une mine soudain sérieuse. Il s'inclina vers MJ pour planter son regard dans le sien.

— Si je comprends bien, je ne t'impressionne pas le moins du monde, c'est cela ?

À le sentir si proche, MJ avait du mal à respirer. Exhalant un long soupir, elle s'efforça de dompter la tension qui l'habitait.

— Écoute, Nikos, lâcha-t-elle, même si nous ne nous fréquentons pas, je te connais un peu. Je suis certaine que tu ne t'en prendras jamais physiquement à une femme, fût-elle une Mabel. Tu es quelqu'un de trop bien pour cela.

Clignant des paupières, Nikos se redressa.

— Tu…, tu…

Manifestement, les mots lui manquaient. Hochant la tête, MJ enchaîna :

— Ce qui m'inquiète, c'est ton manque de recul quant à l'histoire de nos familles. Ceci mis à part, ma réponse est *non*. Tu ne me fais pas peur.

Ce qui commençait à effrayer MJ, en revanche, c'étaient les sentiments que la proximité physique avec Nikos faisait naître en elle.

— Tu n'as pas peur de te mettre à la merci de ton ennemi ? insista Nikos.

Ainsi, songea MJ, elle ne se trompait pas en jugeant qu'il percevrait comme une marque de faiblesse toute manifestation d'attirance à son égard. Et vice versa. Si jamais il se sentait attiré par elle, il verrait en cela une funeste vulnérabilité.

— Tu ne comprends pas, Nikos, répondit-elle. Ce n'est pas uniquement pour *moi* et *ma famille* que je m'inquiète en te sachant incapable de relativiser le passé.

Nikos plissa les yeux.

— Est-ce à dire que tu te soucies également du sort de la mienne ? Cela me surprend.

Il était clair qu'il ne la croyait pas le moins du monde. Elle pointa l'index vers lui, presque à toucher son torse.

— J'espère bien trouver le moyen de liquider ces querelles d'un autre âge, répliqua-t-elle.

Elle sentit que Nikos se crispait.

— Ainsi, fit-il, c'est la véritable raison pour laquelle tu proposes de me restituer le collier !

— Pas du tout ! J'ai fait cette proposition parce que j'y étais poussée par le désespoir. Mon intention était de l'offrir au Victoria & Albert Museum. D'ailleurs, c'est ce que je te demanderai de faire, si jamais j'en viens à te le donner.

Voyant Nikos ouvrir la bouche, MJ préféra éviter de l'entendre à nouveau proférer l'inévitable « Moi vivant, jamais ! » Aussi prit-elle les devants :

— J'ai bien besoin d'une autre tasse de thé. Pas toi ?

Dix minutes plus tard, ils étaient de nouveau assis à la table de la cuisine, les chiens couchés à leurs pieds.

— C'est quoi, le problème de santé de Siena ? lança Nikos tout à trac. C'est vraiment grave ?

La gorge nouée, MJ se demanda si elle pouvait répondre franchement. Si elle révélait la vérité alors que Siena continuait à la dissimuler à Christian, quelles seraient les conséquences de son acte ? Siena lui pardonnerait-elle ?

MJ savait sa sœur capable de préférer l'imaginaire à la réalité. S'il se trouvait qu'aujourd'hui elle avait décidé de mettre la tête dans le sable…

Une saveur amère monta à la bouche de MJ. Si sa jumelle continuait à différer les nouvelles analyses que nécessitait son état, elle se mettait en danger de perdre un rein. Les deux, peut-être même. *Elle risquait la mort !*

Fixant sur elle un regard sombre, Nikos pinça les lèvres.

— Tu ne veux pas me répondre, dit-il. Tu as peur que j'utilise ces informations contre ta famille, c'est cela ?

— Tu le ferais ?

Nikos ouvrit la bouche comme s'il s'apprêtait à nier farouchement. Mais il la referma brutalement. L'aveu implicite transperça MJ comme une dague acérée. Bien sûr qu'il le ferait, si cela permettait aux siens de prendre le dessus sur leurs ennemis héréditaires. Le fait que cette perspective ne semble pas le réjouir outre mesure était une maigre consolation.

— C'est une information qui concerne la vie privée de

Siena, enchaîna MJ. C'est à elle qu'il appartient de décider qui peut en être informé. Pas à moi. Sauf que…

Le cœur battant la chamade, MJ marqua une pause. S'il existait une seule personne à laquelle il lui était possible de confier son inquiétude, ce ne pouvait être que Christian. S'il tenait vraiment à Siena, il saurait préserver son secret. De plus, dans la mesure où celle-ci semblait ne plus être disposée à lui parler, MJ était bien obligée de trouver à qui faire appel pour assurer la sécurité de sa sœur.

— Sauf que, quoi ? la relança Nikos.

— Est-ce que…, est-ce que tu me donnerais le numéro de portable de Christian ? demanda-t-elle d'une voix hésitante. Je pense qu'il serait bon que je l'informe de l'état de santé de Siena, et de ce qu'il doit faire pour la protéger.

Nikos ne se fit pas prier pour lui communiquer le numéro demandé.

Le SMS que MJ rédigea à l'intention de Christian était suffisamment détaillé pour qu'il ait toutes les cartes en main. Une fois qu'elle l'eut envoyé, elle ferma les yeux.

Seigneur, faites que Siena me pardonne !

— Merci, Nikos, fit-elle. Personne n'avait accepté de me le donner.

Nikos hocha la tête, puis il se mit à pianoter sur la table de ses longs doigts fins.

— Que voulait dire Siena, quand elle t'a reproché de te servir d'elle pour te sentir moins seule depuis la mort de votre mère ?

L'estomac de MJ se contracta. Si, dans le jardin, il lui avait semblé qu'existait entre eux une certaine harmonie, ce n'était plus qu'un lointain et vague souvenir. À nouveau soupçon et méfiance régnaient en maître entre Nikos Constantinos et elle-même !

— Et que signifiait Christian en disant que tu ressemblais trait pour trait à ton père et ton grand-père ? répliqua-t-elle.

Les lèvres de Nikos étaient tellement pincées qu'elles ne dessinaient plus qu'une mince ligne.

Il était clair qu'il n'avait pas davantage l'intention de répondre à sa question qu'elle-même n'était disposée à s'exécuter. Le regard que Nikos fixait sur elle était aussi pénétrant qu'une lame affilée. Lentement, il hocha la tête.

— Tu souhaitais que je te raconte une anecdote au sujet de Christian et moi. Je ne l'ai pas encore fait. Si tu as fini ton thé, suis-moi.

— D'accord, acquiesça MJ.

Sans rien ajouter, Nikos l'entraîna jusqu'au grenier de la vieille demeure. Le lieu avait beau être encombré de meubles mis au rebut, il n'en était pas moins correctement entretenu. Éclairé par une série de lucarnes, il y régnait une ambiance qui n'avait rien de sinistre.

Nikos se dirigea vers l'extrémité du vaste espace. Derrière deux hautes armoires, un vieux canapé recouvert de velours usé faisait face à trois tables basses dépareillées. Sous la fenêtre opposée, un coffre imposant semblait le réceptacle idéal pour de mystérieux trésors oubliés.

Lorsque Nikos en souleva le couvercle, MJ constata que c'était effectivement le cas. Se penchant, elle découvrit des jouets d'enfants : un camion auquel manquait une roue, une batte de base-ball, quelques bandes dessinées, et…

Le cœur de MJ bondit dans sa poitrine : *le foulard préféré de Siena !*

Refermant le couvercle, MJ s'assit sur le coffre. Le regard de Nikos était perdu dans le vague, et il sursauta au bruit. Se laissant tomber sur le canapé, il désigna leur environnement d'un geste large.

— C'était le refuge de Christian lorsque nous étions enfants, expliqua-t-il. Dans la période précédant le divorce de nos parents, la famille s'est transportée dans le Devon pour échapper à la curiosité des médias londoniens. Ce n'étaient pas des moments agréables. Nos parents ne cessaient de se disputer…

— Je suis désolée, murmura MJ.

De nouveau, le regard de Nikos se fit vague. Il semblait

perdu dans le souvenir d'une époque où le manoir du Devon s'était manifestement transformé en champ de bataille. MJ ne pouvait s'empêcher d'être émue à l'idée de ce que les deux jeunes frères avaient dû endurer.

— C'était particulièrement dur pour Christian, reprit Nikos. J'avais quatorze ans, et j'étais capable de comprendre ce qui se passait. Lui n'en avait que dix. Il était désemparé. Ici, il se sentait un peu à l'abri. Entouré de choses auxquelles il tenait, il pouvait oublier ce qui se passait dans les étages au-dessous.

Si les objets rassemblés en ce lieu étaient particulièrement chers à Christian, alors la présence du foulard de Siena n'était pas innocente, songea MJ.

— Ce que tu racontes a dû se dérouler à peu près en même temps que la mort de ma mère, dit-elle.

Nikos leva vers elle un regard étrange.

— Son accident a eu lieu juste avant que nous nous installions ici, précisa-t-il.

— La pire année de ma vie, murmura MJ en frissonnant. Mais je ne savais pas que ta famille aussi traversait une *annus horribilis*.

Le regard de Nikos se fit plus pénétrant. Puis, laissant échapper une imprécation étouffée, il se prit la tête dans les mains et repoussa ses cheveux en arrière de ses longs doigts. Le cœur battant la chamade, MJ dut résister à l'envie d'aller s'asseoir à côté de lui pour passer un bras autour de ses épaules. Il paraissait tellement seul. Sauf qu'il n'avait rien à faire de sa sympathie. Nikos ne voulait pas de son amitié, et MJ savait qu'elle ne pouvait pas la lui imposer. Quand bien même elle mourait d'envie qu'il l'accepte.

Nikos dut se mordre la langue pour ne pas lâcher un sonore juron. Il était clair que MJ n'avait pas la moindre notion de ce qu'il s'était passé entre Graham Mabel et Tori, sa mère à lui. Comment était-il possible qu'on les ait tenues, elle et sa sœur, à l'écart de la vérité ? Même Christian était au courant d'une partie de l'affaire, bien qu'il ne sache pas tout.

Relevant la tête, Nikos laissa échapper un long soupir. Au cours des années, il s'était parfois demandé comment MJ avait affronté pareille histoire. Sauf qu'elle n'en avait jamais eu connaissance. C'en était presque risible !

En tous les cas, songea Nikos, s'il tenait à lui faire du mal, il était désormais en possession de l'arme la plus adéquate.

Soudain, l'image de MJ allant au-devant de Seth et Rufus dans le jardin lui traversa l'esprit. Il se rappela aussi les larmes qui lui étaient montées aux yeux, un peu plus tôt, lorsqu'elle avait entendu raconter la tragique histoire des deux chiens.

Comment avoir envie de faire du mal à quelqu'un de pareil ?

Bon sang ! MJ n'avait rien de l'impitoyable adversaire qu'il avait voulu voir en elle. Jamais elle n'aurait cherché à le détruire. Certes, la jeune femme était dure en affaires, mais elle était également bienveillante et courageuse. Comment aurait-il la cruauté de lui révéler l'affreuse vérité ? Mieux valait que tout cela reste caché.

Après tout, MJ ne portait pas davantage de responsabilité que lui dans ces dramatiques événements. Il s'était moqué lorsqu'elle avait affirmé souhaiter que soit enterrée la hache de guerre. Mais n'était-elle pas sincère ?

Cependant Nikos refusait de se voiler la face : aucun de leurs aînés n'était prêt à cela. Néanmoins, ces générations n'étaient pas éternelles… Les Constantinos et les Mabel ne seraient peut-être jamais amis, mais rien n'obligeait à ce qu'ils demeurent ennemis pour l'éternité. C'était une perspective que Nikos commençait à entrevoir.

— Tu es bien silencieux !

La voix de MJ l'arracha à ses réflexions. Laissant son regard errer sur ce qui les entourait, elle sourit.

— Christian s'était construit un petit nid très agréable, observa-t-elle.

— C'était son coin secret, mais j'avais fini par découvrir où il se cachait. Je me souviens qu'il y abritait une portée d'oisillons tombés du nid qu'il nourrissait de lait condensé. Bien sûr, ils avaient fini par mourir, ce qui avait failli lui briser le cœur. Du coup, j'avais remué ciel et terre pour lui procurer un bébé lapin. Mrs Digby n'avait pas apprécié.

MJ éclata de rire, et cela dissipa un peu de la mélancolie qui avait envahi Nikos.

— Tu étais un grand frère formidable ! s'extasia-t-elle.

Pendant quelques instants, leurs regards restèrent accrochés l'un à l'autre. L'étrange attirance qu'il ressentait pour MJ chaque fois qu'il en était ainsi revint titiller Nikos. Pour mettre fin à ce contact visuel, Nikos se leva et gagna la lucarne.

— Cet endroit avait bien été utile à Christian, dit-il, mais il ne doit plus y monter.

— Détrompe-toi !

Nikos fit volte-face. MJ était debout, et elle levait le couvercle du coffre, désignant de la main quelque chose qui s'y trouvait.

— Tu vois ce foulard bleu et rose, là ? Eh bien, c'est le foulard préféré de Siena. Il est en soie, et a coûté une petite fortune. Elle y tient comme à la prunelle de ses yeux. Ce n'est absolument pas le genre de choses qu'elle est susceptible d'oublier quelque part.

Fronçant les sourcils, Nikos s'enquit :

— Tu crois que Christian le lui a piqué ?

MJ haussa les épaules.

— Bien sûr que non ! répondit-elle. J'imagine qu'elle lui en a fait cadeau.

— Pour quoi faire ? C'est trop féminin pour qu'il le porte.

— Franchement, Nikos, pour un homme intelligent, tu manques parfois cruellement de subtilité. C'est, de toute évidence, un gage d'amour.

Il ne manquait plus que ça ! se désola Nikos *in petto*. C'était une véritable catastrophe, oui ! Plus tôt il parviendrait à étouffer dans l'œuf cet embryon d'histoire d'amour – s'il s'agissait bien de cela –, mieux ce serait. Tendant la main, il s'empara du foulard roulé en boule, sous le regard outré de MJ. N'osant pas le dérouler, il annonça :

— On dirait qu'il y a quelque chose caché dans les plis.

Les yeux au ciel, MJ haussa les épaules.

— Eh bien, regarde ce que c'est, fit-elle. Même si je trouve scandaleux que tu t'immisces ainsi dans la vie de ton frère.

Prenant mille précautions, Nikos défit ce qui ressemblait à un petit paquet. Il ne tenait pas à abîmer une chose dont MJ avait dit qu'elle était très précieuse pour sa sœur.

— Qu'est-ce que c'est ? s'enquit-elle en se tordant le cou.

Nikos tendit le cadre vers elle. Il contenait une photo du couple radieux que formaient Christian et Siena, tête contre tête, enlacés dans les bras l'un de l'autre. MJ le lui prit des mains, et passa un doigt sur le visage de sa sœur.

— Elle semble tellement heureuse, souffla-t-elle.

La gorge de Nikos se contracta. Il aurait pu en dire autant de Christian.

D'un signe de tête, MJ désigna la petite boîte en velours que Nikos venait de prendre dans le coffre.

— Qu'est-ce que tu as trouvé ?

— C'est l'écrin qui abrite la bague de fiançailles de ma grand-mère maternelle, expliqua-t-il. J'ai le même, contenant celle de ma grand-mère paternelle. Ce sont des bijoux de famille destinés à nos futures épouses.

— Voyez-vous cela, observa MJ en prenant le foulard de Siena des doigts de Nikos. Es-tu certain que la bague y est toujours ?

Nikos appuya à contrecœur sur le fermoir en argent. Si cela n'avait tenu qu'à lui, il aurait préféré ne pas savoir.

— Vide ! s'exclama MJ lorsqu'il tendit la boîte vers elle.

Elle alla s'asseoir sur le canapé défraîchi, et enfouit son visage dans le foulard, comme pour y chercher le parfum de sa sœur.

— Eh bien, voilà qui change la donne, dit-elle. Christian et Siena sont de toute évidence amoureux.

À son tour, Nikos gagna le canapé d'un pas chancelant et s'y assit.

— C'est impossible, MJ, finit-il par lâcher. Une union

entre mon frère et ta sœur détruirait ma famille. Je ne le permettrai pas !

— Ton père et ton grand-père préféreraient renier Christian que d'accepter qu'il épouse une Mabel, c'est ça ?

— Exactement. Mais tu te berces d'illusions en imaginant que le tien, de père, ne réagirait pas de la même manière.

— Alors, ce serait à nous de leur faire entendre raison, tu ne crois pas ?

— Tu as beau souhaiter qu'il en soit ainsi, cela ne signifie pas que ce soit possible.

Le désespoir qu'il lut dans les prunelles vertes bouleversa Nikos. Il avait prononcé ce désaveu sur un ton rude qu'il se reprocha. Aussi s'efforça-t-il à plus de mesure pour ajouter :

— Nous allons retrouver Christian et Siena, MJ. Et nous les convaincrons qu'il ne peut y avoir d'avenir commun pour eux.

— Tu plaisantes, non ? s'indigna MJ d'une voix haut perchée. Je ne permettrai pas à ton père ou au mien de détruire Siena. Ni même Christian.

Elle s'était levée d'un bond, serrant les poings. La colère la rendait encore plus belle.

— Ma sœur et Christian ne font rien de mal, reprit-elle. Je serai toujours de leur côté. Et toi, Nikos, quel côté seras-tu prêt à soutenir ?

Nikos avait l'impression qu'un poids écrasait sa poitrine. Il était incapable de proférer la moindre réponse. MJ posait sur lui un regard où se lisait une déception horrifiée. Mais qu'imaginait-elle ? N'était-il pas un Constantinos ?

— Mon père et mon grand-père ont trop souffert, dit-il en se mettant debout. Je ferai tout ce qui est en mon pouvoir pour leur éviter davantage de chagrin. Tous deux se sont sacrifiés pour nous. C'est au tour de Christian de se résoudre à certains sacrifices. De plus, un cœur brisé finit toujours par guérir.

Le menton que MJ pointa vers lui traduisait clairement sa désapprobation.

— Vraiment ? ironisa-t-elle. Eh bien, tu devrais exposer

cette théorie à ton grand-père. Je serais fort étonnée qu'il te donne raison.

Un frisson glacé parcourut l'échine de Nikos. *Bon sang*, songea-t-il, MJ n'avait pas tort.

Lui prenant l'écrin des mains, elle le posa sur l'une des tables basses à côté du foulard plié et du cadre contenant la photo du jeune couple. Puis elle prit un cliché de l'ensemble avec son téléphone.

— Que fais-tu ?

— Je pense qu'il ne serait que justice de montrer à Christian et Siena ce que nous avons découvert.

L'estomac de Nikos se serra encore davantage, mais il acquiesça d'un signe de tête. Après tout, songea-t-il, cela jouerait peut-être le rôle d'électrochoc sur Christian, lui ouvrant les yeux sur l'absurdité de son emballement romantique.

À l'instant même où MJ envoyait le cliché, son portable vibra.

— Oh ! fit-elle en regardant l'écran, c'est Freddy Smythe. Peut-être une bonne nouvelle ?

Elle porta l'appareil à son oreille.

— Salut, Freddy ! lança-t-elle. Que me vaut ton appel ?

Tout en écoutant la réponse, MJ ouvrit des yeux ronds. Elle finit par interrompre son interlocuteur.

— Attends, fit-elle, je te mets sur haut-parleur.

6.

— Si je comprends bien, lança Freddy sur un ton d'insolence crispante, il faut que je répète mes informations pour en faire profiter ton compagnon.

Il marqua une pause, comme pour donner plus de poids au terme « compagnon ». Puis il reprit :

— Eh bien, je sais où se cachent Christian et Siena.

Le regard qu'échangèrent MJ et Nikos, par-dessus le portable posé sur la malle, disait assez qu'ils partageaient la même détestation du personnage.

— Encore ta façon habituelle de tourner autour du pot, Freddy ! lâcha Nikos, croisant les bras d'un air courroucé.

— Je n'ignore pas que ça t'insupporte, Nikos ! répliqua Freddy avec une jovialité horripilante. Et pour rajouter à ta mauvaise humeur, je précise que cette information n'est pas gratuite, tu t'en doutes.

— Tu as raison, cela ne nous étonne pas plus que ça, intervint MJ d'une voix excédée. Alors, quel sera le prix de ta trahison ?

La pique acerbe ne sembla pas déstabiliser l'insupportable Freddy.

— Mes deux cousins, Joey et Merrilee Withers, sont actuellement au chômage, dit-il. Vous pourrez certainement leur trouver un emploi dans vos gigantesques empires commerciaux.

MJ fronça les sourcils. Elle connaissait Merri, une charmante jeune femme, et se faisait fort de lui procurer un poste dans le groupe Mabel. Cependant, quelque chose ne collait pas…

Nikos la devança.

— Cela ne te ressemble pas d'exprimer une requête aussi désintéressée, Freddy, déclara-t-il en haussant un sourcil.

Exactement ! Nikos lui enlevait les mots de la bouche.

— Cela n'a rien de désintéressé, pouffa Freddy. Disons que cela m'arrangerait de me faire bien voir de ma famille, en ce moment. En particulier, de mon oncle…

La moue irritée de Nikos ne disait rien qui vaille à MJ, aussi se hâta-t-elle d'attirer son attention. Pointant l'index sur sa poitrine, elle articula en silence « Merrilee ».

— Très bien, acquiesça Nikos. Dis à Joey de venir à mon bureau dès lundi. Et Merrilee peut passer voir MJ. Maintenant, dis-nous où se trouvent Christian et Siena.

— En Suisse.

La moue de Nikos subjugua MJ. L'arc de Cupidon marquait harmonieusement la lèvre supérieure, quant au gonflement de la lèvre inférieure, il avait juste ce qu'il fallait de sensualité. C'était une bouche à la fois ferme et généreuse. Le genre de bouche qui devait prodiguer des baisers grisants…

MJ s'arracha à cette contemplation. Le sang battait sourdement à ses oreilles.

— En *Suisse* ? redit-elle, médusée.

— Oui, répondit Freddy. Ils séjournent dans une clinique.

— Son nom ? aboya Nikos.

— Je n'en sais fichtre rien ! Tout ce que je sais, c'est que ce n'est pas très loin de Genève. Ce ne sera pas compliqué de vous livrer à quelques recherches. Au moins, grâce à moi, vous savez dans quelle direction chercher. Donc, n'oubliez pas notre accord !

— Entendu ! acquiesça Nikos avec un geste impatient.

— Y aurait-il anguille sous roche ? insista Freddy. Quelque chose comme une cure de désintoxication ?

— Salut, Freddy !

D'autorité, MJ avait mis un terme à l'appel.

— Ce type est la pire des pourritures ! s'exclama-t-elle. Mais ça vaut le coup d'effectuer un petit voyage en Suisse.

L'après-midi, MJ et Nikos regagnèrent Londres, afin de prendre le premier vol pour Genève le matin suivant.

Si Christian et Siena étaient véritablement inscrits dans quelque clinique helvétique, était-ce parce que celle-ci avait décidé de se faire soigner ? s'interrogeait MJ.

Parcourant d'un pas décidé le hall de l'aéroport de Gatwick, elle repéra Nikos qui avançait dans sa direction. Malgré elle, MJ sentit son pouls s'accélérer.

Respire ! s'intima-t-elle *in petto.*

— Je te trouve une allure particulièrement martiale, ce matin ! s'exclama Nikos en arrivant à sa hauteur.

Si MJ ne s'était pas déjà arrêtée, elle aurait risqué de chanceler à cause de ce qui se lisait dans les yeux sombres braqués sur elle. Quelque chose qui ressemblait à une joie sincère. Était-ce le plaisir de la retrouver ?

En un battement de cils, un incendie s'alluma en elle.

Oh ! pour l'amour du ciel ! se sermonna-t-elle *in petto.*

Déglutissant avec peine, elle plaqua sur ses lèvres ce qu'elle espérait ressembler à un sourire.

— Je suis juste impatiente de dénicher nos deux fugitifs, se justifia-t-elle.

— Miss Mabel ! Mr Constantinos !

La voix leur fit tourner la tête en même temps. Ils furent immédiatement aveuglés par le flash d'un appareil-photo.

Il ne leur manquait plus que la presse !

MJ retint un juron, et prit une expression aussi neutre que possible. À ses côtés, Nikos adopta la même attitude. Cependant, elle percevait clairement la tension qui l'habitait.

— À en croire les rumeurs, on vous a beaucoup vus ensemble, ces derniers temps, lança le journaliste. Vous avez des commentaires à faire ?

— *Non !* tonna Nikos.

Il prit MJ par le bras pour la diriger vers le plus proche comptoir d'enregistrement.

— Oh ! soyez sympa…, gémit l'homme. Il n'y a pas

grand-chose à se mettre sous la dent, en ce moment, et mon rédacteur en chef me casse les…

— Surveillez votre langage en présence d'une dame ! aboya Nikos qui avait opéré un brusque demi-tour.

Levant les mains en signe de capitulation, l'individu se préparait à battre en retraite, mais une petite flamme malicieuse s'alluma en MJ. Une impulsion dans laquelle se mêlait de l'espièglerie à quelque chose de plus sombre. Elle s'écarta de Nikos, et gratifia le journaliste d'un sourire doucereux.

— Mr Constantinos et moi-même sommes engagés dans des négociations secrètes, dit-elle.

L'homme ouvrit de grands yeux.

— Quel genre de négociations ? s'enquit-il avec l'air ravi de celui qui vient de tomber sur une pépite.

— Si nous vous le disions, cela n'aurait plus rien de secret, intervint Nikos.

Sans un mot de plus, il entraîna à marche forcée une MJ au bord du fou rire par-delà la zone d'enregistrement.

— Bon sang, MJ ! s'exclama-t-il lorsqu'ils furent hors de portée des oreilles indiscrètes. Qu'est-ce qui t'a pris ? Mon père va avoir une attaque s'il lit ça dans la presse.

MJ lui retourna un sourire radieux.

— Le mien aussi, fit-elle. Mais rassure-toi, tu as été parfait !

— Je me moque d'avoir été parfait ou non. Ce qui m'importe…

— C'est la réaction de ton père et de ton grand-père, je sais ! Ta préoccupation essentielle est de les préserver de tout.

— Tu as l'air de juger ce souci ridicule.

— Ce que je ne comprends pas, c'est pourquoi il faudrait absolument les protéger, quand ils s'obstinent à entretenir une querelle qui n'a plus aucun sens. C'est à croire que ce conflit a davantage d'importance pour eux que quoi que ce soit d'autre. Davantage que le bonheur de Christian et Siena, en tout cas ! Cela ne te semble pas insensé ?

— Nous ne sommes pas d'accord sur ce point, MJ. Nous ferions mieux de ne pas aborder le sujet.

La lueur que MJ vit briller dans le regard de jais la plongea dans un profond malaise. Y avait-il des choses qu'elle ignorait ? se demanda-t-elle.

Tendant à Nikos son bagage à main, elle déclara :

— Trouve un endroit agréable où nous poser. Je vais chercher deux cafés. En attendant, appelle ton père pour lui raconter que j'ai simplement essayé de semer un peu la zizanie.

MJ raya le nom de la dernière des cliniques qu'ils avaient visitées. Aucune n'avait entendu parler de Siena.

— Qu'est-ce qu'on fait maintenant ?

— On retourne à l'hôtel, j'imagine, répondit MJ, le cœur serré.

Ils n'échangèrent plus un mot pendant les vingt minutes du trajet en taxi. L'expression de Nikos tandis qu'il suivait MJ jusque dans sa suite était un modèle de frustration. Elle se laissa tomber sur le canapé et lui indiqua le fauteuil en face d'elle d'un geste désabusé.

Le regard de jais la fixait intensément.

— Ne nous décourageons pas, MJ, déclara-t-il. Nous finirons bien par les retrouver. Ne te l'ai-je pas promis ?

C'était la deuxième journée qu'ils passaient en Suisse. Malheureusement, ils n'avaient pas avancé d'un iota dans leur quête. Où diable pouvaient bien se cacher Christian et Siena ?

Nikos tenait sa promesse en l'assistant du mieux qu'il le pouvait. Ils avaient remué ciel et terre. En vain. Les deux fugitifs n'entendaient pas qu'on retrouve leur trace. Laquelle trace s'estompait de jour en jour.

Le téléphone de MJ vibra sur la table basse où elle l'avait posé, et elle se jeta dessus. Elle esquissa une grimace en voyant le nom sur l'écran.

— C'est mon père, fit-elle.

Aussitôt Nikos se mit debout.

— Je te laisse tranquille, dit-il.

Bien que le cœur de MJ se soit mis à tambouriner dans sa cage thoracique, elle s'efforça de garder un ton détaché.

— Inutile ! objecta-t-elle. Ça ne va pas prendre très longtemps.

Elle porta l'appareil à son oreille.

— Salut, père ! fit-elle.

— Je peux savoir ce que tu fabriques ! explosa son interlocuteur.

— Je vais très bien, je te remercie, dit-elle d'une voix chantante. Et toi, ça va ?

Pour un peu, MJ aurait entendu son père grincer des dents à quelques milliers de kilomètres.

— Écoute-moi bien, MJ, je…

MJ lui coupa la parole.

— Est-ce que tu t'es réconcilié avec Siena ? questionna-t-elle. J'avais dit que je ne te reparlerai pas tant que ça ne serait pas fait.

— Est-il vrai que tu te fais accompagner par Nikos Constantinos ?

Pendant quelques secondes, MJ laissa le silence s'étirer. Elle tenait à mettre son père mal à l'aise.

— Est-ce que tu as parlé à Siena ? insista-t-elle.

— MJ ! aboya son père. Il y a certaines choses que tu ignores au sujet de la famille Constantinos.

— Et il y a certaines choses que tu ignores au sujet de Siena, lui retourna MJ.

— Surtout, ne fais pas confiance à Nikos Constantinos !

Il était clair que son père n'avait aucune intention d'écouter ce qu'elle avait à dire. Aussi, MJ mit fin à la conversation sans un mot de plus. Puis elle bascula tous ses appels sur messagerie.

Nikos esquissa une grimace navrée.

— Je suis désolé, dit-il. Ça ne s'est pas bien passé, n'est-ce pas ?

Se levant, MJ se dirigea vers le bar.

— Tu bois quelque chose ? s'enquit-elle.

— Juste un verre d'eau.

Elle emplit deux verres d'eau gazeuse, et y ajouta une tranche de citron.

— Il t'a dit que tu ne devais pas me faire confiance, c'est ça ? questionna Nikos.

— Évidemment. Mais je suppose que ton père a dû exprimer la même défiance à mon égard.

Sans répondre, Nikos but une gorgée d'eau. MJ en fit autant, puis elle reprit :

— Il prétend que j'ignore certaines choses concernant ta famille.

Devant le regard fuyant de Nikos, MJ sentit son cœur s'emballer.

— C'est vrai ? demanda-t-elle.

MJ s'interrompit, car Nikos avait recommencé à la fixer.

— Je n'en peux plus de cette hostilité, enchaîna-t-elle. Il faut que ça cesse !

Le regard braqué sur MJ, Nikos fut frappé par la détermination qui se lisait dans ses prunelles vertes, par la façon dont elle pointait vers lui le menton. Il en était bouleversé.

La jeune femme ne mentait pas en disant qu'elle tenait à mettre un terme aux vieilles querelles entre leurs deux familles. Sauf que son père disait vrai : elle ignorait des éléments essentiels de toute l'histoire. Des faits dont la révélation ne pourrait que la blesser cruellement. Ce qui ferait naître en elle une amertume égale à celle qui taraudait leurs pères respectifs.

Penser à sa désillusion, imaginer voir s'éteindre toute cette chaleur, ce rayonnement, c'était… *déchirant.*

Troublé, Nikos se mit à arpenter la pièce de long en large.

— Nikos ? Qu'est-ce qui ne va pas ?

Il revint se poster devant elle.

— Ta détermination à arranger les choses entre nos deux familles…, dit-il. Ça pourrait se retourner contre toi, tu sais. Cela ne vaut pas la peine que tu te sacrifies pour y parvenir. Tu ne mérites pas ça.

Serrant les lèvres jusqu'à en avoir mal, Nikos vit le ravissant visage s'illuminer d'un grand sourire. Le premier de la journée. Un sourire candide qui s'insinua en lui, et qui lui donnait envie de…

De quoi, au juste ? Il n'aurait su le dire. Mais il lui fallut lutter pour contenir un attendrissement particulièrement inapproprié – une sorte de chaleur bienfaisante, aussi agréable que la chaleur de l'âtre par un jour glacial d'hiver.

— Méfie-toi, lança MJ d'un ton moqueur, tu es en passe de devenir ami avec moi, sans même t'en rendre compte !

Incapable de se retenir de sourire, Nikos secoua la tête. En dépit de toutes ses résolutions, il avait le sentiment que des liens d'amitié s'étaient déjà noués entre lui et MJ. Cette femme avait le don de le faire rire aux moments les plus inattendus. De plus, au cours des quatre journées qu'ils venaient de passer ensemble, Nikos avait découvert qu'ils étaient sur la même longueur d'onde concernant bien des points. Il était même étonnant qu'ils partagent autant de valeurs communes. Malheureusement, un sujet de la plus extrême importance continuerait éternellement à les opposer : leurs familles respectives.

Certes, l'ébauche d'une amitié entre eux se dessinait. Mais lorsque Nikos exigerait la fin immédiate de l'idylle entre Christian et Siena, il ne doutait pas de voir MJ lui tourner le dos. Elle lui avait suffisamment fourni de preuves de son attachement à sa sœur.

Il se secoua mentalement pour déloger le poids qui lui pesait sur les épaules. Il lui fallait s'armer de courage pour résister à l'envie de fermer les paupières, et de s'abandonner au sommeil de l'oubli pour au moins une semaine entière.

Pour l'instant, il était urgent de mettre au point une nouvelle ligne de conduite. Le temps était à la réflexion, et non à de vains apitoiements sur des choses impossibles.

MJ l'arracha à ses réflexions.

— Ce Freddy Smythe est un bel hypocrite ! lâcha-t-elle tout à trac.

— Tu penses qu'il a fait exprès de nous lancer sur une fausse piste ? demanda Nikos.

— Je crois qu'il était en service commandé. Mandaté par Christian et Siena pour nous lancer un os à ronger. Le seul point crédible de son information, c'est la mention de la clinique. Siena a dû le chapitrer sur ce qu'il devait dire pour capter notre intérêt. Enfin, il y a quand même quelque chose de positif dans tout ça.

— Ah bon ? Je ne vois pas quoi.

— Au moins, Freddy n'a pas trahi Christian et Siena. Je trouverais révoltant que ceux qui se disent leurs amis soient prêts à les vendre en échange de quelque service, comme celui que Freddy nous a demandé. Pas toi ?

Se passant une main sur le visage, Nikos songea que cette femme finirait par lui faire perdre raison.

— Serais-tu optimiste par nature ?

Un voile triste assombrit fugitivement le charmant visage, vite remplacé par l'habituel sourire.

— Il m'a toujours semblé préférable de voir le bon côté des choses, répondit MJ. Se réjouir de ce qu'il nous arrive de bien est davantage propice au bonheur que trop s'attarder sur ce qui va mal.

Comme leur guerre familiale ? Cependant, Nikos se devait de reconnaître que MJ n'avait pas tort.

— Et verrais-tu d'autres aspects positifs à la situation dans laquelle nous nous trouvons ?

Cette fois, c'était clairement une lueur malicieuse qui brillait dans les prunelles vertes.

— Je dirais… qu'apprendre à te connaître me semble une expérience passablement réjouissante, rétorqua MJ. Qui plus est, des plus intéressantes. J'ai toujours été persuadée de m'entendre avec toi si, un jour, nous nous rapprochions.

La première impulsion de Nikos fut d'éclater d'un rire moqueur. Sauf qu'il percevait sous la taquinerie un fond de gravité inébranlable, et cela lui coupait littéralement le souffle. Il sentait monter en lui une émotion tout à fait inattendue : quelque chose qui était à la fois farouche, ardent et suave.

— Marjorie…, je…, bredouilla-t-il.

— Voyez-vous ça ! s'exclama MJ. Le grand Nikos Constantinos à court de mots. Ce doit être des plus rares !

Une mimique espiègle retroussait les commissures de la large bouche, et des étincelles faisaient ressembler les yeux verts à des émeraudes.

Si Nikos ne s'était pas contrôlé, il lui aurait retourné son sourire. Lorsque MJ redevint sérieuse, des ombres mélancoliques remplacèrent les étincelles joyeuses.

— Si je comprends bien, dit-elle, ton point de vue est que non seulement Christian et Siena n'ont pas le droit d'être amants, mais nous ne pouvons pas non plus devenir amis, c'est cela ?

Se passant la main sur le visage, Nikos regretta d'avoir demandé un verre d'eau plutôt qu'une bonne dose de cognac.

— Je croyais que tu avais déjà suffisamment d'amis, objecta-t-il.

Le regard que MJ posa sur lui était empreint de la pitié que l'on réserve aux chiens perdus ou aux enfants malheureux.

— Oh ! Nikos, lança-t-elle en se levant, on n'a jamais trop d'amis !

Cette fois, ce fut au tour de MJ d'entreprendre le tour de la pièce à grands pas. Fasciné, Nikos la suivit des yeux.

Elle ne se déplaçait pas avec davantage de grâce que les autres femmes de sa connaissance. De même, sa silhouette n'était pas plus déliée, ni ses cheveux plus soyeux. Néanmoins, elle offrait une vision qui envoûtait totalement Nikos. Se pourrait-il que lui-même et MJ deviennent amis ?

Nikos s'étonna que cette idée lui paraisse à ce point séduisante. Peut-être le jour où le collier aurait regagné sa place originelle – dans la chambre forte de la famille Constantinos – des liens d'amitié se créeraient-ils entre MJ et lui. Peut-être, à eux deux, parviendraient-ils à combler le fossé creusé par des décennies de haine, de conflits, d'amertume.

— Il ne faut pas oublier un autre point positif, ajouta MJ redevenue sérieuse. Si Freddy a mentionné le fait que Siena séjournait dans une clinique, cela signifie que Christian est au courant de son état. Donc, soit Siena elle-même l'en a informé, soit il a lu mon message.

Quels pouvaient bien être les problèmes de santé de Siena ? s'interrogea Nikos. MJ souffrait-elle de la même affection ?

La dévisageant, Nikos rechercha sur sa physionomie de possibles signes de maladie. Certes, elle semblait un peu fatiguée. Quant à son énergie, elle n'avait pas faibli jusqu'à ce qu'ils se rendent compte d'avoir été dupés, au cours de l'après-midi. Lui-même se devait d'admettre que cela lui avait porté un coup.

Nouant et dénouant nerveusement les doigts, Nikos se remémora certains des comportements de MJ. Manifestement, elle s'abstenait de consommer la moindre goutte d'alcool. De plus, en dépit d'affirmer un goût prononcé pour les œufs au bacon et les pâtisseries de toutes sortes, il l'avait essentiellement vue consommer des légumes, et juste un peu de viande maigre, depuis qu'ils avaient quitté le Devon. Le thé semblait être sa boisson de prédilection, mais elle se limitait à une tasse de café par jour.

— Nikos ?

Il cligna des paupières.

— Tu n'es pas d'accord ?

— À quel sujet ?

Réalisant qu'elle avait parlé dans le vide, MJ leva les yeux au ciel.

— Je disais, reprit-elle, que si Christian est au courant des problèmes de ma sœur, il fera certainement ce qu'il faut pour qu'elle soit correctement soignée, non ?

— Tu peux être tranquille à ce sujet !

Nikos n'avait pas le moindre doute : si Christian était amoureux de Siena, il remuerait ciel et terre pour garantir qu'elle soit prise en charge du mieux possible.

— Quel est le problème de Siena ? reprit-il. C'est grave ?

Dans les prunelles vertes, il lut un poignant souci. S'avançant jusqu'à MJ, Nikos lui enserra les épaules de ses mains, en prenant garde à ce que son geste soit très doux.

— Ne t'inquiète pas, dit-il, je n'utiliserai pas cette information à vos dépens, ni pour atteindre votre famille. Simplement, dans la mesure où vous êtes dotées d'un ADN identique, je ne peux m'empêcher de me demander si toi aussi tu es souffrante.

Fallait-il qu'il prenne soin de ne pas trop la fatiguer ? Ne mettait-elle pas exagérément son organisme à l'épreuve en parcourant la planète à la recherche de sa sœur ? Quant à son obsession de régler le désaccord entre leurs familles, c'était peut-être un stress inutile !

MJ mordilla un instant sa lèvre inférieure, avant de déclarer :

— Nous ferions mieux de nous asseoir.

Était-ce vraiment si terrible ?

Cette fois, au lieu de s'installer dans le fauteuil en face d'elle, Nikos se posa à côté de MJ sur le canapé. Il éprouvait le besoin de lui tenir la main.

Prenant une inspiration, elle lui adressa un pauvre petit sourire.

— Tout d'abord, dit-elle, il faut que tu saches que de vrais jumeaux n'ont pas forcément le même ADN. Ce n'est le cas qu'au moment de la conception. Ensuite, lorsque l'œuf se divise en deux, il se produit de légères modifications dans l'environnement de chacun des embryons. Du coup, leurs patrimoines génétiques ne sont plus exactement les mêmes. Ils se ressemblent, certes, mais ils ne sont plus identiques.

Le soupesant du regard, MJ semblait chercher à savoir s'il avait bien compris.

— D'accord, fit-il.

— Il se trouve, reprit-elle, que Siena et moi sommes toutes les deux affectées d'une maladie appelée polykystose rénale. C'est une atteinte héréditaire. En ce qui nous concerne, il s'agit d'un trouble récessif, ce qui est peu fréquent. La gravité varie grandement d'un individu à un autre. On peut être porteur sain durant toute sa vie. Ce qui est mon cas.

— Qu'est-ce qu'il se passe si la maladie se réveille ?

— Alors, on risque l'insuffisance rénale.

MJ avait lâché cela en grimaçant, et Nikos prit conscience

de serrer sa main avec une telle force qu'il devait lui faire mal. Relâchant son étreinte, il s'efforça de mettre autant de douceur que possible dans sa voix pour demander :

— Est-ce la situation actuelle de Siena ?

— Je ne sais pas. Ses derniers résultats d'analyse ne sont pas très bons.

Les yeux pleins de larmes, MJ baissa la tête. Lui passant un bras autour des épaules, Nikos l'attira contre lui.

Comment Siena pouvait-elle faire preuve d'un tel manque de considération envers sa sœur ? s'indigna-t-il intérieurement. Elle devait bien se douter que celle-ci était morte d'inquiétude !

— Nous allons la trouver, je te le promets, dit-il.

Il comprenait mieux, maintenant, pourquoi MJ était disposée à se défaire du fameux collier Ananké en échange de l'aide qu'il serait capable de lui apporter. En comparaison avec la santé de sa sœur, l'importance de cet objet devenait insignifiante.

MJ se laissa aller contre le torse de Nikos, et son parfum lui monta aux narines, l'enveloppant comme dans un nuage de douceur qui exacerba toutes ses sensations. Il percevait intensément la chaleur de ce corps souple serré contre le sien, le satin de la chevelure sous sa joue.

Déglutissant avec peine, Nikos s'efforça d'adopter un ton aussi neutre que possible.

— Si Christian est au courant des problèmes de santé de Siena, il prendra soin d'elle, tu peux en être certaine, dit-il.

En soupirant, MJ s'écarta pour lever les yeux vers lui. Instantanément, Nikos éprouva le manque cruel du poids de son corps et de sa chaleur contre lui.

— Sauf que nous ne sommes pas sûrs à cent pour cent qu'elle lui a tout dit. Et tu reconnais toi-même qu'il peut facilement se laisser manipuler lorsqu'il est amoureux.

Ce n'était pas faux, songea Nikos.

— Surtout si Siena a choisi de traiter par le mépris l'annonce de ses récents résultats d'analyse..., observa-t-il d'un air préoccupé.

De toute évidence, c'était ce que MJ redoutait. Le cœur de Nikos se serra – pour Christian et Siena, certes ; mais surtout pour MJ.

— Il y a quelque chose que je ne t'ai pas dit, murmura MJ.

— Quoi donc ?

Écartant quelques mèches éparses du ravissant visage, Nikos laissa sa main s'attarder un peu plus que nécessaire sur la joue de MJ. Était-ce un effet de son imagination, se demanda-t-il, ou l'avait-il sentie s'appuyer contre sa paume ?

— Je suis persuadée que Siena a fait exprès de provoquer la dispute avec mon père, puis avec moi, dit-elle.

Elle plissa le front, et Nikos dut lutter contre l'envie d'effacer de ses doigts les rides qui s'y étaient formées.

— Pourquoi aurait-elle fait ça ?

Au lieu de répondre, MJ sembla s'absorber dans ses pensées. Nikos vit une larme rouler sur sa joue.

— Non, MJ, ne pleure pas, je t'en prie ! s'exclama-t-il.

Il ne supporterait pas de la voir craquer.

Elle s'efforça d'esquisser un semblant de sourire. C'était presque pire. Jamais il n'avait vu spectacle aussi déchirant.

— En cas de nécessité, mon père serait un donneur compatible avec chacune de nous, expliqua-t-elle. Siena a toujours prétendu que je lui avais sauvé la vie, le jour où nous avons été attaquées par ce chien. Je pense qu'elle cherche à me renvoyer l'ascenseur, en créant la situation qui ferait que ce soit *à moi,* plutôt qu'à elle, que mon père réserve l'un de ses reins, si besoin était.

Ainsi, songea Nikos, il n'y avait pas de limite au dévouement de chacune des sœurs envers l'autre !

Une résolution inébranlable s'installa en lui.

— Marjorie, je ferai tout ce qui est en mon pouvoir pour retrouver Siena et Christian, affirma-t-il avec force.

Ce fut seulement alors qu'il prit conscience de n'avoir pas retiré la main dans laquelle il enserrait sa joue. Du pouce, il suivait le dessin de sa lèvre inférieure. Inconsciemment, son corps trahissait le désir qui l'habitait.

N'aurait-il pas dû s'écarter ? Présenter des excuses ?

Levant une main vers lui, MJ posa la paume sur sa joue.

— Cher Nikos ! souffla-t-elle.

Un désir identique à celui qu'il ressentait illuminait les beaux yeux devenus d'un vert plus soutenu. Pour autant que ce désir soit inspiré à MJ par un Constantinos, il n'était teinté d'aucune crainte. Nikos n'y lisait qu'un émerveillement mêlé d'excitation. Il aurait pu plonger dans ces deux lacs émeraude en souhaitant s'y perdre à tout jamais.

Il lui fut impossible de s'empêcher d'incliner la tête jusqu'à ce que leurs bouches fusionnent avec une telle perfection qu'il sentit un tumulte de sensations se propager jusque dans chacune de ses terminaisons nerveuses.

Seigneur !

MJ entrouvrit les lèvres, et il en fit de même. Nikos avait l'impression d'être suspendu au-dessus du vide, prêt à prendre son envol, jouissant du sentiment enivrant de liberté que lui insufflait ce baiser. Comme si, soudain, tout devenait possible.

Une sonnerie stridente les arracha à ce moment d'extase, les faisant sursauter.

Leurs regards hébétés restèrent accrochés l'un à l'autre. Cela n'avait duré que quelques secondes, mais tout avait changé.

Marmonnant un juron entre ses dents, Nikos attrapa son téléphone et regarda le nom qui s'affichait sur l'écran.

En grimaçant, il porta l'appareil à son oreille.

— C'est mon grand-père, chuchota-t-il.

7.

Nikos s'écarta pour répondre à l'appel de son grand-père, et MJ fit de son mieux pour reprendre une respiration régulière. Cependant, elle n'avait pas le plus infime espoir de parvenir à calmer le rythme effréné de son pouls. Ce baiser avait été…

Gagnant le minibar, elle se servit un nouveau verre d'eau et s'efforça de ne pas laisser son regard errer vers la porte de la chambre.

Le baiser qu'elle venait d'échanger avec Nikos, bien que des plus fugaces, continuait à résonner en elle comme les répliques d'un tremblement de terre. Il s'en fallait de peu que le sol ne se dérobe sous ses pieds.

Lorsqu'elle pivota en direction de Nikos, ce fut pour constater qu'il l'observait. Aussitôt, il détourna les yeux. MJ ne doutait pas que leur ébauche de baiser ne produise en lui les mêmes effets que ceux qu'elle ressentait. Lorsqu'ils s'étaient écartés l'un de l'autre, il avait semblé aussi bouleversé qu'elle-même.

Ingurgiter la moitié de son verre d'eau ne suffit pas à apaiser la fébrilité mâtinée d'une pointe d'espoir qui l'enveloppait, tel un nuage cotonneux poussé par une brise légère. Dans des circonstances normales, pareilles émotions l'auraient plongée dans une excitation haletante.

Sauf que les circonstances n'avaient rien de normal.

Comment aurait-elle imaginé vivre ce genre d'expérience avec Nikos Constantinos ? Il était hors de question que cela se reproduise !

Certes, elle le trouvait tout à fait séduisant. De plus, elle en était venue à lui faire en partie confiance. Depuis des années, MJ observait Nikos à la dérobée, chaque fois qu'ils se croisaient. Bref, elle ne pouvait nier éprouver une certaine fascination pour cet homme. Néanmoins, MJ attribuait l'intérêt que Nikos suscitait en elle au ressentiment entre leurs deux familles et à son fantasme récurrent de trouver le moyen de les rabibocher.

Devait-elle croire qu'elle s'était menti à elle-même, tout au long de ces années ? Y avait-il quelque chose de bien plus viscéral à l'origine de l'intérêt qu'elle lui portait ?

S'approchant de la fenêtre, elle appuya la joue contre la vitre.

Il était vraiment étrange, songea-t-elle, que Nikos et elle aient tant de points communs. Ils partageaient la même éthique professionnelle et tiraient la même satisfaction de leurs carrières respectives. Tout comme Nikos n'avait jamais adopté le mode de vie d'un play-boy fortuné, MJ se tenait à l'écart des sorties mondaines. Et tous deux étaient entièrement dévoués à leur famille.

Sur le papier, ils étaient faits l'un pour l'autre.

Hormis qu'ils étaient empêtrés dans cet inextinguible conflit familial.

À vrai dire, elle ferait mieux de ne pas oublier à quel point Nikos s'impliquait aveuglément dans toute cette histoire. S'il refusait *mordicus* d'accepter la relation entre Christian et Siena, il n'était pas prêt à s'autoriser ne serait-ce qu'un flirt avec elle.

D'ailleurs, quand bien même il tolérerait de se laisser aller à pareille faiblesse, rien ne garantissait que les choses entre eux ne tournent au vinaigre. Cela ne ferait que renforcer les mauvaises relations entre leurs familles, et MJ pourrait définitivement dire adieu à ses espoirs de réconciliation.

— MJ ?

Elle fit volte-face, rougissante, prenant conscience que ce n'était pas la première fois qu'il réclamait son attention.

Concentre-toi ! se sermonna-t-elle intérieurement.

Nikos affichait une mine embarrassée.

— Pour ce qui est de ce baiser…

Il s'interrompit, et l'expression de son regard avait quelque chose de déchirant. À quoi bon le pousser dans ses retranchements ? résolut MJ. À quoi servirait-il qu'elle l'oblige à reconnaître l'évidente attraction qu'ils éprouvaient l'un pour l'autre ?

Elle se contraignit à sourire.

— On peut difficilement qualifier *ça* de baiser, dit-elle. C'était bien trop fugitif !

Elle vit s'arrondir les yeux de Nikos.

— Alors..., ça ne te pose pas problème ?

— Non ! Pas du tout. Et à toi ?

— Non plus.

— Toi comme moi, nous traversons des moments de stress, Nikos. Ce n'est pas une excuse, mais...

Il eut un petit haussement d'épaules.

— J'imagine qu'il est normal de chercher à décompresser dans des épisodes de tension, dit-il en ébauchant une grimace. Mais ce n'est pas le moyen le plus adéquat de...

— Oh ! Seigneur ! Non, bien sûr !

Au moins, sur ce point, ils étaient entièrement d'accord !

— Je suis désolé, MJ. Je...

— Tu te souviens de l'anniversaire de mariage des Wallace, quand tu m'avais croisée dans le jardin où je m'étais réfugiée pour fuir le bruit de la réception ? J'avais seize ans, à l'époque. Donc, tu devais en avoir... vingt-deux.

À voir son air hésitant, MJ s'interrogea : Nikos avait-il tout oublié de leur rencontre, ou bien se demandait-il simplement où elle voulait en venir ?

— C'était la première fois que nous nous trouvions face à face, reprit-elle. Je me suis présentée, et je t'ai tendu la main. Sauf qu'au lieu de la serrer, tu m'as plantée là et tu es retourné dans la maison sans un mot.

Prenant une longue inspiration, elle plaqua une main sur sa poitrine, puis ajouta :

— Tu n'as pas idée à quel point ça m'a blessée.

Pour la première fois de sa vie, MJ s'était sentie personnellement atteinte par le conflit familial. Elle était rentrée chez elle en larmes.

— Je n'avais aucune intention de te peiner, MJ.

Elle leva les yeux vers lui. Ainsi, il se souvenait.

— Mets-toi à ma place, reprit Nikos. J'avais vingt et un ans et tu en avais seize. Indépendamment du fait que nos pères se haïssaient, il était hors de question que je me fasse surprendre dans une situation compromettante avec une adolescente aussi ravissante que tu l'étais déjà à l'époque.

Clignant des yeux, MJ réalisa qu'elle n'avait jamais vu les choses sous cet angle. Elle s'était figuré que Nikos la détestait si farouchement qu'il se refusait même à une poignée de main. De plus, elle n'avait pas imaginé une seule seconde qu'il puisse la trouver jolie.

Pendant quelques secondes, Nikos sembla s'absorber dans ses souvenirs. Puis il fixa de nouveau son attention sur elle, avant d'ajouter :

— Je suis vraiment navré de t'avoir heurtée, MJ. S'il était possible de revenir en arrière, je te serrerais la main. Je regrette vraiment de ne pas l'avoir fait.

Avec un soupir de soulagement, MJ gratifia Nikos d'un sourire spontané.

— Voilà des excuses que j'accepte avec grand plaisir ! dit-elle. Quant à m'en présenter pour ce baiser qui n'en était même pas un, c'est tout à fait inutile, Nikos.

D'un mouvement de menton, elle désigna le téléphone qu'il tenait toujours en main. C'était un bon moyen pour changer de sujet, et tourner la page de ce baiser.

— Comment s'est passée la discussion avec ton grand-père ? s'enquit-elle.

— Je suis convoqué pour un entretien face à face.

Nikos n'avait pu retenir une petite moue agacée, mais il se hâta de changer de physionomie.

— Tu veux dire qu'il te réclame sur son île grecque ? s'étonna MJ.

Elle avait encore à l'esprit les remarques cinglantes de sa

grand-tante Joan lorsque celle-ci évoquait la façon dont son ex-amoureux s'était exilé loin du monde. Dans une retraite dorée. Vassillios Constantinos n'en continuait pas moins à tirer les ficelles du Groupe Leto, tout en entretenant sa rancœur comme quelque héros de tragédie grecque. Rien qu'à évoquer sa personne, MJ était sur le point de perdre patience. Tout à coup, une idée lui traversa l'esprit.

— Rassure-moi, dit-elle. Christian et Siena ne sont pas chez lui, au moins ?

Secouant la tête, Nikos mima des guillemets.

— Non. Mais il a des « informations ».

— Pourquoi ne pas te les communiquer par téléphone ?

Pendant quelques secondes, Nikos demeura silencieux. Pas un muscle de son visage ne bougeait, mais une ombre voilait son beau regard brun.

— Ton grand-père veut s'expliquer avec toi en tête à tête, c'est cela ? s'enquit MJ. Pour te convaincre que l'idylle entre ma sœur et ton frère ne doit surtout pas durer.

— La famille compte plus que tout à ses yeux.

— Dis plutôt que ce qui compte avant tout, pour lui, c'est son ressentiment à l'égard de la mienne, de famille. Cet homme est aussi entêté que l'était ma grand-tante ! Es-tu vraiment obligé de marcher sur leurs traces ?

Nikos posa sur MJ un regard où elle lut le conflit qui l'assaillait.

— Serais-tu prête à m'accompagner, MJ ?

Ouvrant des yeux ronds, MJ s'empressa d'opiner de la tête, craignant que Nikos ne change d'avis.

— Tout à fait ! acquiesça-t-elle.

Elle le vit hausser l'une de ses larges épaules.

— Je ne fais que respecter notre accord, dit-il. Ne m'étais-je pas engagé à ne pas te laisser sur le bord du chemin ?

Visiblement, Nikos cherchait à justifier son invitation. Probablement, était-ce l'argument qu'il servirait à Vassillios.

— Exactement, répondit-elle. Si tu allais chez ton grand-père sans moi, tu enfreindrais toutes nos règles.

— Et je n'ai pas l'intention de te fournir le moindre prétexte pour te dispenser de me rendre le collier.

Le cœur de MJ se serra. Nikos accordait-il vraiment une telle importance à ce fichu bijou ?

— Bon, alors quel est ton plan pour nous rendre là-bas ? s'enquit-elle.

— Nous prendrons l'avion pour Athènes dès demain. Là-bas, je louerai un voilier. Tu as déjà fait de la voile ?

— Une seule fois. Et encore, ce n'était que dans la région des lacs, en Angleterre.

— L'île où vit mon grand-père n'est qu'à trois heures d'Athènes. J'ai déjà fait la traversée seul à maintes reprises. Donc, tu n'auras pas à me servir d'équipage. Tu sais nager ?

— Comme un poisson !

Il n'aurait même pas besoin de plonger pour la sauver si jamais elle passait par-dessus bord, songea MJ, amusée.

— C'est parfait, rétorqua Nikos. Est-ce que tu as envie de sortir pour dîner quelque part ?

Intérieurement, MJ se sermonna : cette proposition n'avait rien d'une invitation galante ! Nikos se montrait juste courtois.

— Nous avons beaucoup marché et je suis un peu fatiguée, répondit-elle. Je vais me faire monter quelque chose, puis je me coucherai de bonne heure.

— Tu as raison. Nous avons une longue journée devant nous, demain.

En dépit de cette approbation raisonnable, Nikos la regardait avec ce qui ressemblait à des regrets. MJ se contraignit à éviter de poser les yeux sur sa bouche. Une bouche qui paraissait prête à…

Soudain, Nikos pivota sur ses talons, puis il quitta la pièce sans un mot de plus.

Poussant un profond soupir, MJ attrapa son téléphone.

— J'ai besoin que vous me fassiez livrer quelque chose à l'aéroport d'Athènes, dès demain matin, dit-elle à son assistante. Vous trouverez le paquet dans mon coffre-fort.

Enfin, laissant échapper un long gémissement, MJ se jeta sur son lit.

La nuit ne fut pas aussi reposante que MJ l'aurait souhaitée : c'était à peine si elle avait réussi à fermer l'œil. Lorsqu'elle retrouva Nikos, ce fut pour se rendre compte qu'il ne semblait pas davantage reposé qu'elle-même. Cela ne fit qu'accroître les regrets qui la taraudaient : si, au moins, ils avaient consacré leur nuit à des activités plus… *distrayantes,* elle n'aurait pas eu à déplorer d'interminables heures à se tourner et se retourner dans son lit.

Sauf que cela aurait relevé de la plus totale folie ! Se laisser aller à ses pulsions, c'était prendre le risque d'aggraver la situation. Ce serait égoïste et contre-productif.

De plus, si Siena était véritablement amoureuse de Christian, MJ était fermement décidée à mettre tout en œuvre pour lui faciliter les choses. Il n'était pas question qu'elle prenne le risque d'envenimer la situation.

Une fois qu'ils eurent atterri à l'aéroport d'Athènes, MJ se rendit au comptoir où elle savait pouvoir récupérer le paquet envoyé par son assistante.

— Je croyais que tu avais pris une semaine de congé, s'étonna Nikos qui l'avait suivie. On dirait bien que tu as encore plus de mal que moi à couper avec le bureau.

— C'est l'hôpital qui se moque de la Charité ! railla MJ.

Ensemble, ils éclatèrent de rire. MJ n'avait pu manquer de remarquer un changement très subtil dans l'attitude de Nikos. Il semblait plus léger. Ses yeux brillaient d'un éclat nouveau.

Quittant l'aéroport, ils gagnèrent directement le port de plaisance d'Athènes.

— On annonce un peu d'orage pour la soirée, déclara Nikos, mais nous serons chez mon grand-père avant cela.

— J'espère bien ! Je suis plutôt du genre marin d'eau douce.

— Si ça peut te rassurer, je vais aller me renseigner pour être certain que nous ne risquons rien. Attends-moi là.

Un quart d'heure plus tard, Nikos ressortit du bureau du port en arborant une mine réjouie.

— Les prévisions sont très rassurantes, lança-t-il. L'orage passera à bonne distance de notre route. Au pire, nous essuierons un léger grain.

— Je préfère ça !

Une fois qu'il l'eut aidée à monter sur le yacht qui les attendait, amarré à un ponton, Nikos la fit asseoir sur l'une des banquettes du cockpit et déclara :

— Inutile de chercher à m'aider, MJ. Détends-toi, et profite de la traversée !

Manifestement, Nikos adorait naviguer. C'était même probablement la raison de sa bonne humeur. En l'observant manœuvrer pour sortir du port, MJ prit grand plaisir au spectacle. Il était parfaitement à l'aise sur le voilier. En totale communion avec les éléments. Qui aurait cru que sous le costume trois pièces de l'homme d'affaires se cachait un capitaine au long cours ?

Une brise vigoureuse gonflait les voiles, et le bateau fendait gaiement les flots. Fermant les paupières, MJ offrit son visage à la caresse du soleil, se délectant du bruit des vagues contre la coque, du cri des mouettes, des embruns salés.

— Alors, qu'est-ce que tu en penses ? lui lança Nikos, tournant vers elle un large sourire.

— C'est sensationnel ! Je veux apprendre à naviguer !

Posant les yeux sur la puissante colonne du cou bronzé de Nikos, elle sentit un désir sourd se nouer au tréfonds d'elle-même. Si seulement cet instant pouvait se prolonger indéfiniment…

Ne sois pas stupide ! Détournant le regard, MJ déglutit péniblement.

Pendant un long moment, Nikos se contenta de barrer sans un mot. MJ n'osait pas le regarder à nouveau.

— Je peux te poser une question, MJ ? finit-il par lancer.

Lui décochant un coup d'œil perplexe, MJ opina de la tête.

— Qu'est-ce qui a fait que l'état de santé de Siena s'est dégradé ? questionna-t-il. Est-ce que le fait d'être exposée aux éléments, comme pour toi en ce moment, présente un danger ? Est-ce que cela risque d'avoir des effets négatifs sur ton organisme ?

Le cœur de MJ fit un bond dans sa poitrine. À observer Nikos de loin, au fil des années, elle s'était toujours doutée que c'était quelqu'un de bien. Ce qu'il venait d'exprimer ne faisait que confirmer cette impression. Il se souciait de sa santé, d'éviter qu'elle ne tombe malade.

Tandis qu'il attendait la réponse de MJ, le cœur de Nikos se mit à battre la chamade. Devait-il redouter que son état de santé soit affecté par un simple refroidissement ? Ou le stress ?

— Lorsque nous étions bébés, commença-t-elle, Siena a attrapé une infection urinaire qui n'a pas été immédiatement diagnostiquée. Cela a dégénéré en une atteinte du rein. C'est à la suite de ça qu'on a décelé notre polykystose rénale. Malheureusement, l'un des reins de Siena avait été sévèrement endommagé.

Ce qui n'avait pas été le cas de MJ, se rassura Nikos tandis qu'elle marquait une pause dans son récit.

— Depuis lors, nous sommes surveillées tous les six mois, reprit-elle. Mon médecin dit que, dans mon cas, une fois par an suffirait. Sauf que ça rassure mon père. Je peux bien me soumettre à ça pour lui.

Visiblement, MJ avait beau tenir tête à celui-ci, elle avait à cœur de lui éviter des angoisses inutiles. Comment Siena était-elle assez cruelle pour plonger sa famille dans l'anxiété ?

Quittant sa banquette, MJ s'approcha et lui agrippa le bras. Nikos dut se gendarmer pour ne pas prendre sa main et la porter à ses lèvres.

— Inutile d'avoir cet air grave ! fit-elle. Ce genre de maladie ne se guérit pas, mais il y a des traitements possibles.

Il leva les yeux au ciel : une greffe du rein n'était pas n'importe quel genre de traitement !

— Et je te répète que je n'en aurai probablement jamais besoin, reprit-elle.

À n'en pas douter, comprit Nikos, affronter ce genre de maladie avait permis à MJ de faire la différence entre ce qui avait de l'importance et ce qui en avait moins.

Comme le conflit entre leurs familles, par exemple.

Peut-être n'avait-elle pas tort ? À eux deux, ne pouvaient-ils effacer les vieilles rancunes ? Faire que cela n'affecte pas les générations à venir ? S'il rentrait en possession du collier, ne parviendrait-il pas à rasséréner suffisamment son grand-père pour tenter une réconciliation ?

— Si je comprends bien, tu ignores à quel point l'état de Siena s'est aggravé, c'est ça ? questionna Nikos.

Une ombre passa sur le visage de MJ, et il se reprocha son insistance.

— Tout ce que je peux te dire, répondit MJ, c'est qu'au vu de ses dernières analyses, il est *possible* que ce soit le cas, mais ce n'est pas *certain*. De nouveaux examens permettraient de le savoir. Si jamais cela révélait que le problème empire, alors un traitement deviendrait urgent.

— Au lieu de quoi, ta sœur fait la java avec mon frère, et cherche à donner une crise cardiaque à ton père !

— Il n'est pas au courant des récentes analyses de Siena.

— Tu ne lui en as rien dit ?

— Ce n'est pas à moi de le faire. Pour en revenir à la disparition de Siena et Christian, je ne pense pas qu'ils soient en train de faire la fête quelque part. Sinon, nous en aurions eu vent. Ce que j'espère, c'est qu'ils ne se sont pas débarrassés de leurs portables pour qu'on ne puisse pas les tracer. Mon pire cauchemar, c'est d'imaginer Siena perdant connaissance brutalement, et Christian ne sachant pas ce qu'il doit faire.

Nikos serra les dents. Certes, Christian ne lui pardonnerait pas d'engager un détective privé, cependant…

— À mon tour de te poser une question, déclara MJ en l'arrachant à ses réflexions.

Se tournant vers elle, Nikos songea qu'elle semblait parfaitement à l'aise sur un bateau, en dépit de son expérience limitée de la navigation.

Et n'avait-elle pas eu l'air parfaitement à l'aise quand…

Non ! C'était une pensée qu'il devait impérativement écarter. Il lui fallait absolument bannir de son esprit le souvenir de leur baiser. Malheureusement, c'était plus facile à dire qu'à faire. Pour aussi éphémère qu'ait été ce contact, il n'en avait pas moins ébranlé les fondations de son univers. Ce qui était la raison exacte pour tourner définitivement la page.

— Oui, que veux-tu savoir ? dit-il, en espérant de toutes ses forces que MJ n'aborderait pas ce sujet.

— Qu'est-ce qui t'a poussé à me proposer de t'accompagner chez ton grand-père ? Par ailleurs, est-ce qu'il est au courant de ma visite ?

Ouf !

— Non, je ne lui ai pas dit que tu serais avec moi. Cela dit, tout le monde le connaît au port et…

— Et on a déjà dû lui téléphoner pour annoncer ma venue, c'est ça ?

— Probablement.

— Bon, tu as répondu à ma deuxième question. Mais pas à la première.

Nikos demeura silencieux. Il vit MJ se tourner vers le large. De toute évidence, elle n'avait pas l'intention d'insister s'il n'était pas prêt à s'expliquer.

— Tu veux savoir si j'ai une autre raison que le plaisir de ta compagnie ?

Aussitôt, MJ fit volte-face, le regard écarquillé.

— Je ne mens pas, reprit Nikos. J'y prends grand plaisir.

Au lieu de se moquer, comme il le redoutait, MJ le contempla avec un regard plein de douceur.

— Et c'est une catastrophe parce que je suis une Mabel, pas vrai ?

Nikos haussa les épaules.

— C'est ce que je pensais autrefois, répondit-il. Aujourd'hui, je vois les choses sous un jour différent.

Un homme pouvait se noyer dans ces yeux verts.

S'obligeant à détourner le regard, il reprit :

— Je réalise maintenant que tu n'as pas pour but de me détruire. Ou de t'en pendre à ma famille et notre empire.

Comment avait-il pu imaginer pareil scénario ? se désola Nikos *in petto.* C'était du plus haut ridicule !

Le sourire que lui décocha MJ était délicieusement taquin.

— *Ooh*, lâcha-t-elle, je vois que nous sommes en progrès.

Il se passa la main sur la mâchoire, avant de déclarer :

— J'ai toujours pris pour argent comptant l'opinion de mon père et de mon grand-père. Ils ont toujours redouté le pire de la part des tiens.

Désormais, Nikos avait bien conscience que, depuis le décès de la mère de MJ, les Mabel avaient perdu le goût des hostilités. Quant à MJ elle-même, toute idée de vengeance lui était étrangère.

Elle ne rêvait que d'apaisement et de réconciliation.

Parce qu'elle ignorait la vérité.

Un étau vint enserrer le torse de Nikos, lui rendant difficile toute respiration. Pour le bien de tous, ne valait-il pas mieux que cette vérité demeure enfouie aussi profondément qu'il était possible ? Quoi qu'il advienne, ce n'était pas à lui de dévoiler le pot aux roses.

— Est-ce que tu espères que ma rencontre avec ton grand-père va le faire changer d'avis sur moi, et la situation ?

C'était d'une voix hésitante que MJ avait posé cette question. Nikos ne put se retenir de hausser les épaules.

— Je n'en sais fichtre rien, répondit-il.

Un sourire en coin releva les commissures de la généreuse bouche.

— Tu sais quoi ? C'est un défi que je suis toute prête à affronter.

Se dirigeant vers l'échelle descendant à l'intérieur du bateau, MJ lança :

— Tu veux boire quelque chose ?

Elle remontait, lorsqu'il l'entendit lâcher une exclamation qui n'avait rien de raffiné. Son visage s'était figé, et elle fixait l'horizon avec un regard affolé. Nikos fit volte-face et ce qu'il découvrit faillit lui arracher un juron bien senti à son tour. Il se retint de justesse, ne voulant pas alarmer MJ.

Derrière lui, à l'est, le ciel avait pris des teintes allant du gris sombre au noir de suie. Au même instant, une rafale lui fouetta le visage. S'il avait été seul à bord, il n'aurait pas hésité à accélérer l'allure pour prendre l'orage de vitesse. Mais un coup d'œil à MJ l'en dissuada : mordillant sa lèvre inférieure, elle était l'image même de l'effroi.

— J'adore les films catastrophe, dit-elle d'une voix tremblante en lui tendant une bouteille d'eau. Mais dans des moments comme celui-ci, je me dis que je n'aurais pas dû en visionner autant.

À cette remarque, Nikos ne put se retenir de rire.

— Sois tranquille, répliqua-t-il, nous ne courons pas à la catastrophe. Promis !

Il s'interrompit pour boire une gorgée d'eau, revissa le bouchon sur la bouteille et ajouta :

— Cependant, comme tu n'as peut-être pas encore tout à fait le pied marin, on va prendre toutes les précautions.

— C'est gentil…, murmura-t-elle en jetant un regard alarmé vers les nuages qui se rapprochaient à toute vitesse.

Nikos lui rendit la bouteille, puis il se pencha pour attraper les gilets de sauvetage dans les coffres sous les banquettes. Il en fit enfiler un à MJ et en noua les liens sur les côtés.

— C'est juste une précaution, dit-il, en enfilant l'autre.

— *Vraiment ?*

Posant une main sur l'épaule de MJ, Nikos y exerça une pression rassurante.

— Tout va bien se passer, dit-il. Tu vois cette petite île,

là-bas ? Nous allons y ancrer sous le vent, pour être protégés. Ça nous mettra à l'abri jusqu'à la fin de l'orage.

Fixant le regard sur la direction indiquée par son doigt, MJ marmonna :

— Une île, ce tas de cailloux ?

Nikos leva les yeux au ciel.

— Alors, un baiser n'est même pas un baiser parce qu'il est trop bref, fit-il. Et maintenant une île ne mérite pas ce nom parce qu'elle te semble trop petite à distance.

Bon sang ! Qu'est-ce qu'il lui prenait de rappeler ce baiser ? se morigéna-t-il *in petto*. Néanmoins, cela avait effacé la lueur affolée du regard de MJ, remplacée par une expression gourmande tandis qu'elle fixait ses lèvres. Sans plus réfléchir, Nikos s'inclina vers elle et prit sa bouche avec passion. Elle l'entrouvrit aussitôt, non sous l'effet de la surprise mais clairement du désir.

Ses lèvres avaient la douceur de la soie, un goût de miel, de printemps, de fièvre. MJ enfonça ses ongles dans les avant-bras de Nikos, et il s'en fallut de peu qu'il ne perde complètement le contrôle.

Lorsque, haletant, il s'écarta pour reprendre sa respiration, il murmura :

— Alors, est-ce que *ça,* c'était un *vrai* baiser ?

Les yeux écarquillés, MJ porta une main à ses lèvres.

— Oh ! oui ! répondit-elle d'un souffle.

Pointant l'île d'un doigt qui n'était pas tout à fait stable, Nikos ajouta :

— Donc, si je dis que *ça*, là-bas, c'est une île, il n'y a pas à discuter. D'accord ?

Le rire qui monta de la gorge de MJ était une musique délicieuse aux oreilles de Nikos.

Reprenant son sérieux, elle déclara :

— Je serais toute disposée à t'aider, mais je sais qu'il vaut mieux laisser agir les gens compétents dans certaines situations. Je suppose que l'endroit où je te dérangerai le moins sera dans le carré, non ?

Nikos hocha la tête. Sans un mot de plus, elle se glissa par l'ouverture donnant sous le pont, et il lança le voilier en direction de l'île.

Pour aussi occupé qu'il soit par les manœuvres, son esprit ne cessait d'être obsédé par le baiser qu'il venait de donner à MJ. Que lui avait-il pris ? Malgré tout, il ne parvenait pas à éprouver le moindre regret.

Plus qu'une folie, ce baiser était une promesse.

8.

Comme il l'avait promis, ce fut seulement l'affaire d'une demi-heure pour que Nikos engage le voilier dans une petite crique où ils étaient à l'abri des rugissements du vent. L'agitation des vagues laissa place à un calme surprenant.

Regardant par le hublot, MJ laissa échapper un petit rire. Les conditions extérieures reflétaient à la perfection son état émotionnel : quelque chose entre le déchaînement de la tempête et une accalmie.

Nikos l'avait embrassée. *Encore une fois.* Depuis, c'était à peine si elle parvenait à mettre de l'ordre dans son esprit.

Pendant la demi-heure passée dans le carré, MJ avait eu grandement le temps de s'exhorter à la raison. Il serait de la plus extrême imprudence, à Nikos et elle, de se laisser aller à l'attraction qui ne cessait de croître entre eux. Ni l'un ni l'autre n'étaient du genre à prendre à la légère les relations sexuelles. S'ils en venaient à faire fi de toute prudence, ce ne pourrait être sans que leurs sentiments soient impliqués.

Inévitablement, cela déboucherait sur de la souffrance. Il n'y avait pas de place pour elle dans l'univers de Nikos. Son indéfectible loyauté à l'égard de sa famille rendait impossible toute relation entre eux.

Jamais elle n'avait désiré un homme avec autant de force. À certains moments, il lui suffisait de poser les yeux sur Nikos pour ne plus penser qu'à faire l'amour avec lui.

Elle en oubliait tout : la santé de Siena, l'idylle entre celle-ci et Christian, la brouille entre leurs clans, la dispute entre sa sœur et son père…

MJ s'éventa de la main. Une histoire entre eux n'aurait aucun sens.

Mais pourquoi vouloir absolument que ça en ait, du sens ?

Décidément, il était impératif qu'elle cesse de ruminer !

Se levant d'un bond, MJ arracha pratiquement de ses gonds la porte donnant sur le cockpit. Elle y passa la tête.

— C'est bon ? lança-t-elle. Je peux mettre l'eau à bouillir pour le thé ?

— Et comment !

Elle se tourna dans la direction d'où lui parvenait la voix de Nikos. Debout à la proue, ses cheveux noirs luisant d'embruns, les yeux brillants d'énergie, il était superbe.

La bouche soudain sèche, MJ se racla la gorge dans l'espoir de retrouver sa voix.

— Tu m'as l'air de t'être bien amusé, dit-elle. La lutte entre l'homme et les éléments, c'est ton bonheur, pas vrai ?

— Désolé si tu as été un peu secouée ! Pas trop traumatisée ?

Plaquant un sourire sur son visage, MJ espéra que son regard ne trahissait pas le désir qui la taraudait.

— Non, tout va bien, répondit-elle. Je m'attendais à ce que ce soit davantage effrayant. Mais je ne me plains pas d'avoir évité le scénario catastrophe !

Nikos la dévisageait avec une telle intensité que, même à distance, cela la fit rougir.

— Tu es incroyable, MJ ! s'exclama-t-il. Tu n'as même pas l'air un tant soit peu malade. Franchement, tu as l'étoffe d'un marin. Je te rejoins dans quelques secondes.

Sans un mot de plus, MJ disparut à l'intérieur du bateau. Malgré ses proportions réduites, la kitchenette était parfaitement équipée. En moins de temps qu'il n'en faut pour le dire, elle disposa sur la table une théière fumante et, dans une assiette, les tranches du cake trouvé dans les provisions.

À l'instant où Nikos dévala les degrés de l'échelle, la petite cabine sembla se rétrécir. Il se laissa tomber sur un siège et saisit une tranche de cake qu'il dévora en deux bouchées, avant d'avaler tout un mug de thé. MJ le remplit de nouveau, en se félicitant d'avoir prévu large.

Nikos fit un geste vers le pont, au-dessus d'eux.

— Ça m'a ouvert l'appétit ! dit-il.

Manifestement ! songea MJ en enserrant son mug de ses mains. Elle s'efforça de ne pas dévisager Nikos. Pourtant, elle était fascinée de constater combien cet épisode en mer le faisait paraître bien plus vivant qu'elle ne l'avait jamais vu. Comme si quelque chose de caché au fond de lui se révélait.

Elle dut lutter contre son envie de tendre la main pour toucher les traces de cette révélation sur le visage de Nikos.

Il sortit son portable de sa poche et déclara :

— Voyons dans combien de temps l'orage doit finir.

Observant les longs doigts fins qui pianotaient sur l'écran, MJ eut soudain la vision de ces mêmes doigts se promenant sur son corps – titillant, taquinant, explorant… lui donnant du plaisir.

Elle détourna brusquement le regard et mordit avec énergie dans sa tranche de cake – exercice de diversion totalement vain, dans la mesure où rien n'était à même de combler le gouffre béant qui s'était creusé en elle.

Tournant le portable pour lui montrer l'écran, Nikos déclara :

— Nous risquons d'être ici pour un petit moment. Regarde.

— Qu'est-ce que tu entends par « un petit moment » ? demanda MJ, sentant la tension croître au tréfonds de son être.

Voilà qu'elle se retrouvait coincée dans un espace terriblement exigu, en compagnie de l'homme le plus sexy à la surface de la planète ! Bref, tous les ingrédients d'un désastre annoncé étaient réunis.

Les lèvres sensuelles ébauchèrent une moue éloquente.

Ne pense pas à ses lèvres !

— Il reste encore deux bonnes heures de navigation jusqu'à l'île de mon grand-père, et l'orage ne devrait pas s'éloigner avant le milieu de soirée, commenta Nikos.

MJ contempla la carte météo avec des yeux affolés. Tout à

coup, elle était envahie par des ondes brûlantes, puis glacées. Ses jambes étaient agitées de tressaillements nerveux.

— Tu vois, reprit Nikos, il y a un front moins important qui se dessine derrière. Celui-là devrait nous éviter, mais…

Se forçant à inspirer longuement par le nez, puis à expirer par la bouche, MJ se sermonna intérieurement : *non,* elle n'allait pas péter les plombs à l'idée de passer la nuit dans une baignoire flottante avec Nikos !

Reste calme, MJ.

— Si je comprends bien, on est bloqués ici pour toute la nuit, non ?

D'accord, elle avait dit ça d'une voix qui couinait un peu, mais qui pouvait l'en blâmer ?

— Je suis désolé, MJ, déclara Nikos d'un air penaud. J'aurais dû mieux organiser notre traversée.

Remplissant à nouveau le mug posé devant Nikos, MJ haussa les épaules.

— Tu ne peux pas être tenu responsable de la météo, fit-elle. Les gens du port n'avaient pas prévu cela. Cet orage a pris tout le monde par surprise.

Elle poussa vers lui l'assiette contenant la dernière tranche de cake et se mit à siroter paisiblement son thé. Était-elle vraiment aussi détendue qu'elle le montrait ? s'interrogea Nikos. N'était-elle pas complètement bouleversée par le baiser qu'ils avaient échangé ?

Repoussant ses cheveux en arrière d'une main fébrile, il prit conscience d'être aussi tendu qu'une grand-voile dans la tempête. Depuis qu'il était descendu dans le carré, pour y trouver une MJ présidant diligemment au rituel du thé, il était tellement sensible à sa présence que toutes les cellules de son corps étaient en éveil.

Là-haut, sur le pont, tandis qu'il était occupé à gagner un abri et à mettre MJ en sécurité, il était parvenu à tenir à distance le souvenir de leur baiser – quand bien même de délicieuses répercussions continuaient à brûler en lui.

Mais, en cet instant, assis près d'elle, il était envahi d'un désir torride. Il ne parvenait pas à poser les yeux sur MJ sans avoir envie de l'attirer sur ses genoux pour l'embrasser à nouveau. Et passer les quelques heures suivantes à…

Assez !

N'avait-il pas une maîtrise suffisante de lui-même pour garder sous le boisseau des pulsions importunes ? MJ n'avait certainement pas besoin de le voir tirer la langue devant elle comme un chien en chaleur !

Quittant la table, elle s'était plantée à l'entrée du passage menant aux cabines. Désignant du doigt les deux portes se faisant face, elle demanda :

— Ce sont les cabines ?

Des cabines séparées.

— Oui, nous y serons comme des coqs en pâte, répondit-il en s'efforçant de ne pas grimacer en s'entendant lui-même recourir à de tels clichés.

L'air indécis, elle revint se rasseoir comme si elle avait pris conscience qu'il n'y avait nulle part ailleurs où aller. Un coup de tonnerre résonna, la faisant sursauter. La pluie fouettait les hublots. Avait-elle le sentiment d'être prise au piège ?

— Ça va aller, MJ, dit-il. Tu n'as rien à craindre.

Ni des éléments ni de lui.

Un instant, Nikos crut voir passer l'ombre de la déception dans les beaux yeux verts. Puis elle cligna des paupières et tourna vers lui un regard impénétrable.

— Je sais, répliqua-t-elle. J'ai confiance en toi.

Comme si les Mabel avaient déjà eu l'occasion de faire confiance aux Constantinos, et inversement ? Désormais, les choses n'étaient plus aussi simples, et Nikos ne savait plus à quel saint se vouer. Il se sentait envahi d'une énergie fébrile, et d'un sentiment d'aventure aussi déconcertant qu'exaltant ?

— Bon…

La voix curieusement étranglée de MJ le ramena à l'instant présent.

— Il est peut-être temps pour moi, reprit-elle, d'avouer

que je suis nulle en cuisine. Plutôt lamentable, non ? Toi, tu nous as mis à l'abri du danger et, en contrepartie, je ne suis même pas fichue de confectionner un repas qui ressemble à quelque chose.

Nikos se pencha vers elle.

Bon sang, reste à distance !

— Tu ne sais pas du tout cuisiner ? fit-il en se redressant. Comment est-ce que tu te débrouilles pour vivre ?

Pour autant qu'il le sache, MJ ne vivait plus chez son père.

— Il y a de très bons restaurants autour de chez moi, auprès desquels je me fournis en plats à emporter. Mais j'assure ma part de corvées ménagères. Je lave et range ma vaisselle, et je descends même la poubelle.

— Es-tu en train de signifier que si je fais la cuisine, tu te chargeras du rangement ?

— *Exactement !*

Nikos éclata de rire. À la voir pointer ainsi le menton vers lui, il avait envie de…

Se levant d'un bond, il heurta le rebord de la table avec son genou. *Bon sang !* Frottant l'endroit où il s'était cogné, il laissa son regard errer sur la kitchenette, puis en direction des cabines. Bref, n'importe où plutôt que vers MJ.

— Quelle cabine choisis-tu ? Les lits ne sont pas faits, et je préfère m'en occuper maintenant.

— Celle de gauche, répondit-elle en montrant la porte du doigt. Mais je peux tout à fait faire mon lit, tu sais. Je ne suis pas une enfant gâtée. D'ailleurs, ce serait plutôt à moi de m'occuper *du tien* pour te remercier de nous avoir conduits en lieu sûr avec une telle efficacité.

Un instant, Nikos sentit la tête lui tourner. Il émanait de MJ le genre de parfum susceptible d'enivrer n'importe quel homme normalement constitué – s'y mêlaient des effluves de vanille, d'iode, de rhum. Et elle le contemplait comme s'il était un véritable héros. Ce qu'il n'était en aucune manière. Pour tout dire, il n'était rien d'autre qu'un sale type, incapable de chasser de son esprit des visions du corps dénudé de MJ.

— Il n'est pas question que tu fasses mon lit, MJ ! lâcha-t-il d'une voix tellement éraillée qu'elle leva vers lui un regard écarquillé.

— D'accord…, fit-elle en se reculant. Eh bien…, je vais juste faire le mien.

Gagnant sa propre cabine, Nikos en referma la porte derrière lui et s'y adossa. Il avait trente-deux ans, bon sang ! Il n'était plus un adolescent en rut !

Son lit fut fait en deux temps trois mouvements, mais il s'attarda aussi longtemps que cela ne semblait pas exagérément impoli.

Au moment où il sortait de sa cabine comme un diable de sa boîte, MJ en faisait autant de la sienne. La collision était inévitable. L'agrippant par le haut des bras, Nikos l'empêcha de basculer ou d'aller s'écraser contre la cloison.

— Désolé, je…

Sa voix s'étrangla lorsqu'elle leva les yeux vers lui et qu'elle humecta ses lèvres de la pointe de la langue. Nikos faillit laisser échapper un gémissement en voyant le regard que MJ posait sur sa bouche. Le désir qui y brillait envoya des étincelles dans tout son corps.

— Pourquoi est-ce que tu m'as embrassée, tout à l'heure ? demanda-t-elle.

Il lutta pour faire pénétrer un peu d'air dans ses poumons.

— Parce que ça me semblait être une bonne idée…

— *Vraiment ?* Je me demande bien pourquoi ?

Sourcils froncés, MJ le fusillait du regard. Elle plaqua les mains sur ses hanches.

— Tu ne m'as pas l'air d'être le genre de type à embrasser une femme qui t'est complètement étrangère sur un coup de tête, enchaîna-t-elle.

— Mais, tu ne m'es pas étrangère, MJ. Tu es…

Nikos s'interrompit. Que dire ? Que MJ était une amie ?

— Et puis, reprit-il, ce n'était pas un coup de tête ! Je n'ai pas cessé d'avoir envie de t'embrasser depuis…

— Depuis que nous étions dans ma chambre d'hôtel à Genève, c'est ça ?

— Depuis l'instant où tu es entrée dans mon bureau, il y a cinq jours, si tu veux le savoir !

Ouvrant des yeux ronds, MJ déglutit avec peine.

— C'est insensé.

— Je sais. Complètement.

— Je ne suis même pas certaine que tu m'apprécies.

Dans les grands yeux se lisait une fragilité qui bouleversa Nikos. Très doucement, il laissa ses mains remonter jusqu'aux épaules de MJ.

— Tu le crois vraiment ?

— Tu as toujours du mal à me faire confiance.

D'une certaine façon, ce n'était pas faux.

— Ce n'est pas cela, MJ, murmura-t-il. C'est juste que j'ai conscience de mes devoirs envers ma famille.

— Alors..., ça veut dire... que tu m'aimes bien ?

C'était d'une voix hachée que MJ avait posé cette question.

— Absolument, répondit-il en hochant la tête. Sauf que je ne peux rien te promettre, MJ. Et tu mérites bien plus que cela.

Elle tendit une main pour lui caresser le visage.

Un violent coup de tonnerre résonna au-dessus de leurs têtes, et MJ laissa échapper un petit rire.

— J'ai souvent pensé que l'histoire de nos familles évoquait *Roméo et Juliette,* fit-elle. Pour ma part, j'ai toujours eu une préférence pour une autre pièce de Shakespeare, *La Tempête.*

Puis elle se hissa sur la pointe des pieds et souda ses lèvres à celles de Nikos.

À vrai dire, MJ n'avait pas eu l'intention d'embrasser Nikos. *Rectification :* elle n'avait pas *prévu* de l'embrasser.

Sauf que lorsqu'ils s'étaient percutés, quittant chacun sa cabine au même instant, elle y avait vu un signe du destin.

Ce n'était pas simplement parce que Nikos mettait le feu à son esprit qu'elle l'embrassait. Ce n'était pas, non plus, parce qu'elle lisait dans ses yeux un désir identique au sien – vision aussi grisante que le plus divin nectar.

En réalité, ce qui avait motivé son baiser, c'était de percevoir à quel point Nikos était ligoté par son sens du devoir et des responsabilités. Il avait terriblement à cœur de ne faire souffrir ni ses proches ni elle-même.

Nikos Constantinos était un homme de valeur. En sa compagnie, MJ se sentait soutenue, protégée, en sécurité. Il lui donnait le sentiment d'être belle et intelligente. D'être choyée.

C'était *pour toutes ces raisons* que MJ avait embrassé Nikos.

Sauf qu'à l'instant où leurs bouches s'unirent, toute pensée rationnelle s'évapora de son cerveau. Un flot de sensations délicieuses submergea MJ lorsque les lèvres de Nikos s'entrouvrirent sous la pression des siennes, et qu'il lui rendit son baiser avec une passion dévorante. Elle n'eut d'autre choix que de se cramponner à ses épaules pour ne pas perdre l'équilibre.

Une grande main enserra son crâne, tandis que la deuxième crochetait sa hanche. Leurs langues se mêlèrent en un ballet érotique, ponctué par le jeu des dents mordillant délicatement. Avec frénésie, ils ondulaient l'un contre l'autre dans une fusion des corps aussi étroite que le permettaient leurs vêtements.

Dans les veines de MJ pulsait un désir puissant, ravageur. Elle leva une jambe pour l'accrocher à la taille de Nikos, et il la maintint en place fermement, lui étreignant une fesse de ses longs doigts écartés, les enfonçant dans sa chair avec une vigueur qui la faisait trembler de tout son être. Ce faisant, il ne cessait de souder à elle la partie la plus intime de son anatomie, exactement là où elle le désirait.

Dans un gémissement sourd, avide, elle psalmodia son prénom.

Lorsque Nikos s'immobilisa, posant le front contre la cloison, juste à côté de sa tête, MJ le sentit frémir de l'effort qu'il s'imposait.

— MJ, si tu veux que j'arrête…, murmura-t-il.

Pour toute réponse, elle tendit la main vers la poignée ouvrant la porte de la cabine dans laquelle ils basculèrent, enlacés.

Ce fut seulement grâce à la force de Nikos, et à son sens de l'équilibre, qu'ils ne s'effondrèrent pas instantanément sur le sol. Ou plutôt sur le lit qui occupait l'essentiel de l'espace.

— Ne t'avise pas d'arrêter, Nikos Constantinos, grommela MJ. J'ai trop envie de toi.

Comme pour mieux affirmer l'urgence de son désir, elle captura à nouveau la bouche de Nikos.

MJ ne voulait plus penser à rien. Tout ce dont elle avait besoin, c'était de se perdre dans les sensations grisantes qui déferlaient en elle.

Au râle qui monta du plus profond de la gorge de Nikos, elle sentit vibrer toutes ses terminaisons nerveuses. Ce fut lui qui approfondit le baiser, prenant son visage en coupe entre ses larges paumes, lui inclinant la tête en arrière. Ensuite, il entreprit d'explorer religieusement chaque millimètre des lèvres de MJ avec les siennes, jusqu'à ce qu'elle plante les ongles dans ses avant-bras et cambre les reins en une invite implicite.

N'y tenant plus, elle arracha la chemise de Nikos de la ceinture du pantalon, afin de promener ses mains sur le satin de sa peau, allant et venant le long de son dos, palpant les saillies de son épine dorsale, avant de dessiner des arabesques sur son abdomen du bout des doigts. L'entendre retenir sa respiration l'emplit d'une joie indicible.

Ce fut avec un empressement malhabile qu'elle débarrassa Nikos de sa chemise, la faisant passer par-dessus sa tête. Puis elle s'écarta pour prendre toute la mesure du spectacle qu'il offrait ainsi, torse nu. Les yeux écarquillés, elle murmura :

— Que tu es beau, Nikos !

Déjà, elle portait les mains à la ceinture du pantalon et du boxer de Nikos, mais il les chassa d'un geste vif. À son tour, il attrapa le bord de la chemise de MJ pour la lui enlever. Il n'eut besoin que de deux doigts pour dégrafer son soutien-gorge qu'il fit glisser le long de ses bras.

Son regard s'assombrit, et il tendit une main pour caresser les seins libérés de leur carcan. Du pouce, il titilla délicatement chacun des tétons. MJ inspira brusquement, et son halètement résonna dans l'espace clos.

Sans la moindre pudeur, elle arqua le dos pour mieux s'offrir aux caresses fabuleuses que lui prodiguait Nikos. Avec un autre, elle aurait probablement été gênée. Pas avec lui qui posait sur elle un regard où se lisait une telle bienveillance admirative que MJ était certaine de ne rien faire qui puisse lui paraître choquant.

En tout cas, pas en cet instant, dans l'intimité de ce havre de paix qu'ils avaient créé pour eux deux.

Son pantalon corsaire et sa culotte ne tardèrent pas à rejoindre sur le sol le reste de ses vêtements. Mais, à nouveau, Nikos repoussa les doigts qu'elle portait à sa ceinture.

— Pas pour l'instant, fit-il.

— Mais…

— J'ai l'intention d'explorer la moindre parcelle de ton corps, MJ. Je veux te donner l'orgasme le plus éblouissant que tu n'aies jamais connu, et je tiens à ce que rien ne vienne me distraire de mon objectif. Ensuite, quand ce sera fait, *alors* je me déshabillerai et je reprendrai les choses au début.

Cette déclaration coupa le souffle à MJ. À voir le flamboiement du désir dans les prunelles de jais, elle sentit son pouls s'emballer. Nikos la fit s'allonger sur le lit avec une tendresse qui lui mit les larmes aux yeux. Enfin, il entreprit de lui montrer ce qu'il avait en tête.

De ses mains et sa bouche, il parcourut chaque centimètre de son corps, avec une attention confinant à la vénération. Sous ses caresses, MJ haletait, se tordait de plaisir, en proie à l'incendie qu'il éveillait et attisait en elle. Incapable d'une pensée cohérente, ivre de sensations, elle suppliait, provoquait, implorait qu'il accélère le rythme.

Nikos s'y refusait, jouissant manifestement autant qu'elle du plaisir qu'il lui donnait. MJ finit par lâcher prise, se retrouvant projetée dans un vortex de délices tel qu'elle n'en avait jamais connu. Des étincelles se propagèrent jusque dans chacune de ses terminaisons nerveuses, envoyant des spasmes de plaisir dans tout son corps.

Lentement, MJ reprit pied dans la réalité pour se retrouver enlacée par les bras de Nikos. Lorsqu'elle eut repris son souffle, et la maîtrise de ses membres, elle se mit en appui sur un coude pour plonger son regard dans le sien.

— C'était fabuleux, dit-elle d'un souffle.

Il rit et lui repoussa délicatement une mèche de cheveux derrière l'oreille.

— Si tu continues à me regarder de cette façon, Marjorie, tu vas me faire prendre la grosse tête, railla-t-il.

— Ce serait amplement mérité !

Cependant, elle n'avait pas oublié ce à quoi il s'était engagé. Faufilant une main sous la ceinture de son pantalon, elle entreprit de le caresser à travers l'étoffe du boxer, savourant la merveilleuse sensation du long sexe durci palpitant contre sa paume. Nikos retint sa respiration. Un désir renouvelé s'éveilla aussitôt en MJ, et tout son corps se tendit dans l'attente qu'il vienne le combler.

— Ce serait peut-être le moment de te débarrasser de ce qu'il te reste de vêtements, non ? suggéra-t-elle.

MJ s'était efforcée à un ton facétieux mais n'avait pu empêcher sa voix de trahir son impatience.

— J'ai trop envie de te voir nu, ajouta-t-elle dans un souffle.

Un instant, Nikos soutint son regard sans un mot, puis il se leva et ôta pantalon et boxer en un même mouvement. Soudain, il laissa échapper une imprécation.

— Je reviens, dit-il. J'ai oublié…

Tendant une paume vers lui pour l'arrêter, MJ se pencha vers la table de chevet et fouilla dans son sac dont elle tira une boîte de préservatifs.

Un sourire ravi éclaira le visage de Nikos.

— Tu es une femme parfaite ! s'exclama-t-il.

Sans le moindre commentaire, MJ l'attira sur le lit, puis laissa ses lèvres et ses mains explorer le corps magnifique allongé à côté d'elle. Avec autant d'application que Nikos avait consacrée à la découverte du sien.

Bien trop tôt à son goût, il l'attira à lui, et ses longs doigts habiles ainsi que sa bouche reprirent leur œuvre diabolique, la plongeant de nouveau dans une impatience pantelante.

— Nikos, je t'en prie, se surprit-elle à implorer. Prends-moi !

Il vint se positionner sur elle, écartant les mèches de cheveux éparses sur son visage, pour plonger son regard dans le sien. Puis, en une longue poussée, il unit leurs deux corps.

MJ retint son souffle tant la sensation était grisante. Il l'emplissait totalement. La sensation de plénitude faisait courir des myriades de frissons dans tout son être. Pendant quelques interminables secondes, ils restèrent immobiles, osant à peine respirer.

L'émerveillement dont MJ était certaine qu'il se peignait sur son visage trouva un écho sur celui de Nikos. Puis ils se mirent tous deux en mouvement, dans une harmonie qui n'était pas seulement celle des corps, mais venait de bien plus loin – touchant à quelque chose de plus profond, de plus essentiel. Avant que MJ ne parvienne à identifier de quoi il s'agissait, le plaisir lui brouilla les idées et elle se laissa emporter par l'orage de sensations qui l'envahissait. Ils crièrent ensemble car l'orgasme les foudroya au même instant.

Nikos n'aurait su dire combien de temps il demeura groggy, sonné par l'intensité de ce qu'il venait de vivre, savourant les derniers vestiges de la jouissance et la sensation de ce corps lové contre son flanc. Sans un mot, MJ promenait négligemment l'index sur son torse, y dessinant un tracé erratique, tandis que lui-même lui caressait le dos d'une main nonchalante. Il avait l'impression qu'elle était tout aussi ébranlée et éblouie qu'il l'était lui-même.

Faire l'amour avec MJ avait donné à Nikos le sentiment de remettre le monde dans le bon sens, alors qu'il n'avait même pas eu conscience qu'il ne l'était pas avant. Lorsque leurs deux corps avaient fusionné, il avait éprouvé la sensation que MJ était essentielle à…

À quoi, exactement ? À son bonheur ? À sa vie ?

Ce qu'il ressentait était trop fort. Nikos ne savait pas comment maîtriser pareilles émotions. Un poids l'oppressait. Où diable mènerait cette chose qui semblait prendre naissance entre eux ?

— J'ai la nette impression que tu commences à trop gamberger.

La remontrance voilée, prononcée d'une voix douce, n'aurait pas dû surprendre Nikos. MJ était tellement en phase avec lui que c'en était presque inquiétant. Il tourna la tête pour fixer son regard au sien.

— Je détesterais que tu regrettes ce qu'il vient de se passer, dit-il.

— Ce n'est absolument pas le cas.

Il vit les petites dents blanches mordiller la lèvre sensuelle.

— C'est juste que c'était bien plus intense que je ne l'avais imaginé, ajouta-t-elle.

Hochant la tête, Nikos ravala ce qu'il se préparait à dire.

— Vas-y, le pressa MJ, dis ce que tu as en tête.

Ébauchant une petite grimace, Nikos s'exécuta :

— Justement, je crains que nous n'ayons à payer très cher pour avoir atteint de tels sommets.

MJ posa une main sur sa joue.

— Peut-être, Nikos, fit-elle. Mais le prix à payer en vaut la peine. Et ce n'est pas d'actualité, pour l'instant. C'est seulement la fin d'après-midi. Nous avons toute la nuit devant nous. Pourquoi ne pas en profiter ?

Un homme normalement constitué était-il en mesure de résister à cette femme ? s'interrogea Nikos.

Il déposa un baiser sur les lèvres ravissantes.

— Dans ce cas, nous ferions mieux de reprendre des forces, observa-t-il. Tu as faim ?

MJ lui décocha un sourire qui le fit fondre.

— Je *meurs* de faim ! s'exclama-t-elle.

9.

Ils engloutirent avec appétit le plat de légumes frits et de nouilles que prépara Nikos, puis ils refirent l'amour. Et lorsqu'ils se réveillèrent dans les bras l'un de l'autre, au petit matin, ils le firent à nouveau avec une sorte de ferveur langoureuse qui faillit avoir raison de MJ. Ce fut lovés l'un contre l'autre qu'ils se rendormirent, pour émerger au beau milieu d'une matinée radieuse.

Sirotant leur café sur le pont, à l'abri dans la petite crique, ils auraient pu se croire seuls au monde.

Au sourire dont Nikos la gratifia, MJ sentit une chaleur intense se propager dans tout son corps.

— Tu t'es déjà baignée nue ?

Elle s'étrangla avec son café.

— En plein jour ? rétorqua-t-elle.

Il haussa négligemment une épaule.

— Et alors ? Nous sommes seuls, non ? Toi, moi, et cette mer de rêve.

Se levant, il fit passer sa chemise par-dessus sa tête et la jeta sur le pont. Puis il lui décocha un coup d'œil de défi tout en faisant glisser son short le long de ses hanches. À le voir ainsi planté devant elle, dans le plus simple appareil, MJ sentit sa bouche s'assécher.

Seigneur, cet homme était une pure merveille !

— Tu te dégonfles ? lui lança-t-il avec un sourire moqueur.

Elle en était encore à chercher une repartie bien sentie, que déjà il avait gagné le plat-bord arrière. Les mots restèrent dans la gorge de MJ, tandis qu'elle se gorgeait de la vision offerte par la large carrure, les hanches étroites et le fessier incroyablement ferme. Fronçant les sourcils, elle se pencha. Étaient-ce des marques qu'elle voyait sur les fesses de Nikos ?

Elle rougit jusqu'aux cheveux. Indiscutablement. Les griffures que ses ongles y avaient laissées dans le feu de la passion. Lorsque Nikos la faisait basculer, encore et encore, dans des abîmes insondables. Lorsqu'elle se plaquait à lui, aussi intimement que cela était physiquement possible.

Clignant des yeux, MJ vit Nikos décrire un arc parfait dans les airs et plonger sans la moindre éclaboussure. Se précipitant jusqu'au bastingage, elle se pencha par-dessus bord en retenant sa respiration. Il émergea à quelques mètres, puis secoua la tête pour chasser l'eau de ses yeux, avant de lui adresser un sourire malicieux.

— Allez, viens ! lança-t-il. L'eau est délicieuse.

D'un coup d'œil à la ronde, MJ constata que leur voilier était seul dans la crique. La mine ravie que Nikos tournait vers elle était irrésistible. Après s'être débarrassée de ses vêtements, MJ sauta. Elle refit surface en suffoquant.

— C'est glacial ! s'exclama-t-elle.

Nikos la rejoignit et noua les bras autour de sa taille.

— Je peux te réchauffer, si tu veux.

Il mordilla délicatement le lobe de son oreille, et MJ se sentit fondre. Puis il la fit couler.

Lorsqu'elle remonta, elle s'étranglait de rire. Ils passèrent une demi-heure à jouer comme deux gamins, avant de se hisser à bord et se sécher mutuellement. Ce qui, bien sûr, leur fit tout oublier. Encore une fois. Ensuite, ils s'attablèrent devant un solide petit déjeuner.

Ils avaient prévu de se mettre en route pour la résidence de Vassillios immédiatement après, mais Nikos vit MJ regarder en direction de la petite île qui les abritait.

— On pourrait aller y jeter un coup d'œil, dit-il.

Voilà que, maintenant, cet homme lisait dans ses pensées ! songea MJ.

En réponse à sa mimique indécise, il ajouta :

— Que nous partions tout de suite ou dans quelques heures ne fera pas grande différence. Et puis, j'ai envie de faire durer ce moment aussi longtemps que possible.

Le cœur battant la chamade, MJ se laissa attirer pour un baiser langoureux. Elle éprouvait exactement les mêmes sentiments. Lorsqu'ils s'écartèrent l'un de l'autre, elle demanda, le souffle court :

— On ne va quand même pas y aller à la nage, non ?

— Non. Nous allons prendre le canot pneumatique.

Les épaules et les bras puissants de Nikos vinrent aisément à bout de la courte distance. Main dans la main, ils parcoururent la plage, puis grimpèrent à l'assaut de la crête rocheuse. MJ ralentit le pas avant d'arriver au sommet. De l'autre côté, le reste du monde les attendait. Cela en serait fini de leur escapade solitaire.

Elle sentait son cœur protester avec une véhémence qui ne valait rien de bon. Ce qu'il était advenu dans ce havre de paix était totalement inattendu, et ils ne s'étaient fait aucune promesse. Ce serait pure folie que d'y accorder trop d'importance. Mais comment faire autrement ?

Existait-il des règles de conduite en pareille situation ? Probablement pas. Il leur faudrait les inventer au fur et à mesure, ce qui ne manquerait pas d'intérêt. D'autant que MJ ne doutait pas que Nikos soit aussi désemparé qu'elle-même.

Bon sang ! C'était plutôt dans les habitudes de Siena de se laisser porter au gré des événements ! Pour sa part, MJ avait toujours préféré planifier, savoir à quoi s'en tenir. Pour un peu, elle aurait éclaté d'un rire amer.

Planifier quoi ? Comme si ce qu'il se passait entre elle et Nikos n'était pas la simple affaire d'un moment !

— MJ ?

Levant les yeux vers Nikos, MJ s'obligea à sourire et prit la main qu'il lui tendait.

— Je reprenais juste mon souffle, dit-elle.

Quelques pas de plus les menèrent sur la crête, mais au lieu de découvrir l'immensité de la mer – avec la perspective d'autres côtes qui les attendaient –, ils eurent la surprise de voir apparaître une prairie piquetée de fleurs, entourée de falaises.

Éclatant de rire, MJ réalisa qu'ils étaient encore à l'abri dans leur univers protégé, et cela lui parut un heureux présage. Ils firent le tout du cirque, trouvèrent une source où ils purent se désaltérer, puis s'installèrent sur un rocher plat. MJ s'assit entre les jambes de Nikos, s'adossant à son torse, tandis qu'il lui entourait les épaules de ses bras.

L'air embaumait le romarin. À croire qu'ils avaient découvert un paradis inconnu.

— Quelle matinée idyllique ! murmura-t-elle. C'est bien la première fois de ma vie que je me félicite d'avoir essuyé un orage.

Nikos l'embrassa sur la tempe.

— Moi aussi, chuchota-t-il à son oreille.

Quantité de questions assaillaient MJ. Referaient-ils l'amour, une fois qu'ils auraient quitté cet endroit ? Nikos exigerait-il de garder secret ce qui était advenu entre eux ? Accepterait-il de la revoir, lorsqu'ils auraient regagné l'Angleterre ? De crainte de briser le charme de l'instant, elle s'interdit d'en poser une seule.

— J'imagine qu'on n'annonce pas d'autres orages ? murmura-t-elle.

L'étreinte de Nikos, autour de ses épaules, se resserra.

— Pas le moindre, répondit-il.

Bien sûr, il avait certainement vérifié la météo. Dans le seul but de les conduire à bon port en toute sécurité.

Ils demeurèrent assis dans ce décor paradisiaque aussi longtemps qu'il semblait raisonnable. Comme si chacun cherchait à prendre des forces pour ce qui les attendait. Finalement, sans même se concerter, ils se levèrent et rebroussèrent chemin en silence, toujours main dans la main.

Pendant que Nikos s'occupait à remettre le canot à l'eau, MJ ramassa sur la plage un galet rose pâle, usé par les flots.

Elle le glissa dans la poche de son short. En souvenir. Une sorte de talisman. Elle le garderait comme porte-bonheur.

De retour sur le voilier, Nikos confectionna une salade, avec tomates, concombre, oignon, olives et feta. MJ s'en régala et finit de nettoyer son assiette avec du pain en déclarant :

— Tu es très doué en cuisine, Nikos. C'était délicieux !

— Ce n'était rien de très compliqué.

— En tout cas, c'est bien plus que je n'en suis capable.

Nikos lui jeta un coup d'œil intrigué.

— Pourquoi ai-je l'impression que ta supposée incapacité à cuisiner cache quelque chose ?

La question était posée sur un ton très bienveillant, et MJ savait qu'il n'insisterait pas si elle n'y donnait pas suite. Mais ils avaient partagé tant de choses qu'elle se sentait disposée à lui révéler ce qu'elle n'avait jamais confié à qui que ce soit. Cependant, elle n'avait pas le courage de soutenir son regard, et elle baissa les yeux lorsqu'elle attaqua son récit.

— Quand j'avais neuf ans, je me suis prise de passion pour la cuisine. De son côté, Siena rêvait d'apprendre à peindre. Notre mère lui avait trouvé un cours de peinture, deux après-midi par semaine. Pendant ce temps, elle m'enseignait à cuisiner.

MJ marqua une pause, les larmes aux yeux.

— Que s'est-il passé ? demanda très doucement Nikos.

— Nous avons fait ça trois fois, reprit-elle. J'adorais ces moments avec ma mère…

Et puis, il y avait eu ce coup de téléphone qui avait mis celle-ci tellement en colère qu'elle avait raccroché violemment. Elle avait alors laissé MJ avec Alice, la gouvernante, lui demandant de finir ce qu'elles avaient commencé ensemble.

— Et ? la relança Nikos.

— Ma mère a reçu un appel pendant que nous faisions un gâteau. Elle est partie en coup de vent, et je ne l'ai jamais revue vivante.

Entendre le hoquet de surprise de Nikos fut comme un coup de couteau dans le cœur de MJ. Il se pencha vers elle et lui prit les mains avec une telle tendresse qu'elle osa se risquer à le regarder en face.

— Oh ! ma chérie. Depuis, tu ne cuisines plus parce que ça te rappelle trop ta mère, n'est-ce pas ?

— C'est ridicule, je sais. Elle ne souhaiterait pas que je sois incapable de faire la cuisine à cause d'elle. Mais chaque fois que je m'y essaie, ça me rend terriblement triste. C'est fou, mais elle me manque encore après vingt ans.

Ils étaient encore absorbés dans le récit que MJ venait de faire, lorsqu'un gros voilier passa tellement près du leur qu'ils purent voir les traits des gens qui étaient sur le pont et les saluaient de la main. Une fois que le bateau eut disparu, MJ se tourna vers Nikos.

— Voilà le monde extérieur qui vient jusqu'à nous, dit-elle.

— Oui.

Il se contenta de cette brève confirmation, et pourtant cela répondait à bien des interrogations qui avaient traversé l'esprit de MJ un peu plus tôt. Un poids se logea sur sa poitrine, et ses paupières commencèrent à picoter.

— J'imagine que tu n'as pas l'intention de mettre au courant ton grand-père de ce qu'il s'est passé ici, avança-t-elle. Ne t'inquiète pas, je saurai garder le secret.

Il laissa échapper une imprécation, avant de déclarer :

— Je commence à me demander si c'était une bonne idée !

MJ eut l'impression que le ciel lui tombait sur la tête. Mais avant qu'elle n'ait le temps de réagir, Nikos reprit :

— Je ne parle pas de ces dernières vingt-quatre heures, et de ce qu'il s'est passé ici. Je parle de l'idée de te faire rencontrer mon grand-père.

— Ah ! lâcha MJ en signe de soulagement.

Ce qu'il s'était passé dans cette crique et sur cette île resterait un souvenir qu'elle chérirait à tout jamais.

— J'ai peur qu'il se montre blessant avec toi, expliqua Nikos.

MJ haussa les épaules.

— C'est trop tard pour faire demi-tour, objecta-t-elle. Tu

n'as pas à t'inquiéter pour moi. Je suis une grande fille. Tu verras, je ne me laisserai pas démonter.

Trois heures plus tard, MJ et Nikos pénétraient dans la superbe villa de Vassillios Constantinos, isolée au milieu d'une île grecque à la beauté spectaculaire.

— Ainsi, c'est dans ce décor de rêve que ton grand-père soigne son cœur brisé et rumine sa rancœur à l'égard de ma grand-tante, déclara MJ en se tournant vers Nikos après avoir promené son regard sur la somptuosité du décor.

— Ce n'est pas tout à fait exact !

La voix, pleine d'ironie, venait de l'escalier derrière eux. Fermant les paupières, MJ esquissa une grimace avant de faire volte-face.

— Mr Constantinos, je présume, fit-elle. Je suis désolée mais je ne vous avais pas entendu venir.

L'homme se campa devant elle.

— Et vous, répliqua-t-il, je suppose que vous êtes l'une des jumelles Mabel.

— Marjorie Joan. Le plus souvent, on m'appelle MJ.

Dans les prunelles sombres, brillaient des étincelles.

— Vous ressemblez à votre grand-tante. Vous avez la même bouche qu'elle.

MJ eut un petit rire.

— Rares sont les gens qui remarquent la ressemblance, observa-t-elle. Et il paraît qu'elle m'a aussi transmis son impertinence. D'ailleurs, je n'ai jamais hésité à lui dire à quel point son entêtement était ridicule. Tout comme le vôtre, d'ailleurs, Mr Constantinos ! Avec votre stupide fierté vous lui avez brisé le cœur, ainsi qu'elle a brisé le vôtre.

Sous le choc, Vassillios Constantinos recula d'un pas. Bouche bée, Nikos contemplait MJ avec des yeux ronds.

— Je t'interdis de parler comme ça à mon grand-père ! s'exclama-t-il.

MJ le gratifia d'une mimique qui se prétendait contrite.

— En d'autres circonstances, je serais prête à m'excuser, répliqua-t-elle. J'ai toujours pensé que nos aînés méritent le respect. Mais ça ne signifie pas qu'on doit tout leur pardonner. Et, en l'occurrence, ma grand-tante comme ton grand-père ont agi comme deux sombres imbéciles !

Hypnotisé par l'insolence de MJ, Nikos la suivit du regard tandis qu'elle allait ramasser le sac à dos qu'elle avait refusé de confier au personnel de la maison. Il se pinça l'arête du nez entre deux doigts. Décidément, l'amener chez son grand-père avait été la *pire* des idées ! Ce dernier affichait une mine sévère. Il se tourna vers Nikos et grommela :

— Qu'est-ce qui t'a pris de ramener chez moi une *Mabel ?*

Il avait prononcé ce nom honni comme s'il lui laissait un goût amer dans la bouche.

MJ revint vers eux, serrant contre son cœur un paquet extrait de son sac. Elle pinçait les lèvres d'une manière tout à fait alarmante.

— Votre petit-fils n'a pas eu le choix. Je lui ai fait du chantage.

Nikos vit l'expression de son grand-père s'assombrir encore davantage – si cela était possible ! Quant à lui-même, il hésitait entre rire et abattement. Devait-il tâcher de reprendre la situation en main, ou laisser les choses suivre leur cours ?

Tendant le paquet vers Vassillios, MJ déclara :

— C'est pour vous, Mr Constantinos. Si vous avez le courage de l'ouvrir.

Dans les yeux sombres de son grand-père, Nikos vit briller des éclairs furibonds.

— Je ne suis pas un lâche ! aboya-t-il.

L'éclat de rire de MJ fit grimacer Nikos.

— Désolée de vous contredire ! s'exclama-t-elle. Au lieu d'essayer de regagner l'affection de la femme que vous prétendiez aimer, vous n'avez eu d'autre idée que de récupérer un vulgaire colifichet. Je ne trouve pas que ce soit faire montre d'un grand courage.

— Le collier Anankè n'est *pas* un colifichet ! rugit Vassillios. C'est un bijou de famille qui vaut des millions !

À entendre MJ retenir sa respiration, à la voir reculer d'un pas, Nikos sentit son cœur se serrer. Il avait envie de la prendre dans ses bras, de la réconforter. Comme lorsqu'elle avait évoqué sa mère, quelques heures plus tôt.

Nikos ravala un juron. Il n'aurait jamais dû tolérer cette dangereuse intimité entre eux ! Et, à l'avenir, il ferait mieux de rester à distance de Marjorie Joan Mabel.

Si elle apprenait la vérité, elle tiendrait la famille Constantinos pour responsable de la mort de sa mère. Ce sur quoi il ne pourrait lui donner tort.

— J'ai passé de longues heures auprès de ma grand-tante, à la fin de sa vie, déclara MJ d'une voix blanche. Elle m'a beaucoup parlé de vous, Mr Constantinos. Vous l'avez accusée d'infidélité, mais c'était faux. Elle vous a été fidèle jusqu'à son dernier souffle. Il est bien dommage que vous ayez accordé moins d'importance à son amour qu'à votre satané collier. Elle me l'a légué, ainsi que son journal que voici. Vous devriez le lire. Peut-être cela vous aiderait-il à comprendre ce qu'il y avait dans son cœur.

Vassillios pointa un doigt tremblant vers le paquet que tenait MJ.

— Si ce que vous affirmez est vrai, pourquoi n'est-elle pas venue me trouver pour me le dire elle-même ? tonna-t-il.

— Vous vous étiez marié, et elle a pensé que votre histoire avait compté davantage pour elle que pour vous. Puis votre union s'est mal terminée, et vous lui en avez fait porter la faute. Ensuite, elle vous en a voulu de vous servir d'elle pour vous draper dans votre orgueil blessé et vous exiler loin du monde, comme un héros tragique.

— Vous ignorez tout de ces événements, Miss Mabel !

— Il est vrai que je n'en connais que le récit fait par ma grand-tante. Malheureusement, elle aussi avait son orgueil.

Et elle était tout autant entêtée que vous l'êtes. Néanmoins, je pense que vous devriez lire son journal.

— À quoi bon ?

— Eh bien, cela vous apporterait la preuve de son amour. Et j'espère que cela vous apaiserait. Car, Mr Constantinos, tout ce que je souhaite c'est la paix entre nos familles.

— Cela ne risque pas d'arriver tant que le collier n'est pas restitué aux Constantinos. Qu'en avez-vous fait ?

— Avec tout le respect que je vous dois, Mr Constantinos, laissez-moi vous dire que ma génération voit les choses sous un jour différent de la vôtre. Ce collier est une œuvre d'art. Une pièce de l'époque Art Déco réalisé par un artiste de renom. Sa place est au Victoria & Albert Museum.

— Moi vivant, jamais ! rugit Vassillios.

Voyant MJ pouffer, Nikos sut qu'elle pensait à la réaction qu'il avait eue lui-même lorsqu'elle lui avait tenu pareil propos dans son bureau.

— Vous osez vous moquer de moi ? tonna le vieil homme.

— Pas du tout ! rétorqua MJ. Mais, franchement, vous êtes impossible !

Elle avait dit cela comme si elle s'adressait à un enfant récalcitrant, et Nikos eut l'impression qu'elle prenait plaisir à faire enrager Vassillios.

— Vous n'auriez pas dû venir jusqu'ici, jeune fille, martela ce dernier. Vous pourriez être victime d'un… accident.

Avant que Nikos n'ait le temps de s'interposer, MJ partit d'un grand éclat de rire. Puis elle reprit son sérieux et pointa un menton décidé en direction de Vassillios.

— Vous avez beaucoup de points communs avec votre petit-fils, Mr Constantinos, lança-t-elle. Mais ni lui ni vous ne me faites peur. Vous êtes tous deux passionnés, parfois capables d'emportement, et je n'ignore pas que vous… haïssez ma famille, autant l'un que l'autre.

Ce disant, MJ s'était tournée vers Nikos, et il fut envahi par la honte. Il aurait aimé effacer de son esprit ce qu'il venait d'entendre.

— Cependant, reprit MJ, je ne doute pas que vous soyez l'un comme l'autre incapables de vous en prendre physiquement à une femme. Quant à m'effrayer, même si vous y parveniez, je suis certaine que vous en concevriez une honte qui vous hanterait bien plus longtemps que ne durerait ma peur.

Le vieil homme baissa les yeux, puis il se tourna vers Nikos.

— Assure-toi que cette personne est conduite dans l'une des chambres d'amis, puis viens me retrouver dans la bibliothèque, dit-il.

Ensuite, sans un mot de plus, il pivota sur ses talons et s'éloigna.

MJ le suivit des yeux et laissa échapper un long soupir.

— Je pense qu'il m'apprécie, lâcha-t-elle tout à trac.

Cette déclaration pince-sans-rire faillit faire s'étouffer Nikos.

— Tu aurais pu m'avertir de tes intentions, non ? fit-il.

— Je ne l'ai pas fait parce que tu n'étais pas concerné, Nikos. Moi non plus, d'ailleurs. Cela n'a trait qu'à lui, et elle.

— Dis plutôt que tu ne me fais pas confiance !

MJ vint se planter devant Nikos. Dans les grands yeux verts brillait une lueur déterminée.

— Est-ce que tu me jures que je *peux* te faire confiance ?

Comment répondre à pareille question quand il lui cachait une pièce essentielle du puzzle où s'inscrivait l'histoire de leurs deux familles ?

— As-tu l'intention de révéler notre accord à ton grand-père ? reprit MJ.

Nikos cligna des yeux.

— Tu veux dire notre arrangement concernant le collier ?

Il s'interrompit en haussant les épaules, puis ajouta :

— C'est mon grand-père, MJ. Tu crois vraiment que je suis capable de lui cacher des choses ?

Affectant une attitude exagérément pensive, un doigt posé en travers de ses lèvres, MJ s'enquit :

— Dois-je comprendre que tu vas aussi lui raconter ce qu'il s'est passé entre nous la nuit dernière ?

Pas question !

Nikos n'avait pu se retenir de lever les yeux au ciel, et MJ étouffa un petit rire.

— Donc, conclut-elle, tu choisis ce qui *doit* ou *ne doit pas* rester secret.

Ce n'était pas faux, et Nikos se trouva à court de réponse. Sans plus de commentaire, il conduisit MJ à l'étage et l'introduisit dans la plus confortable des chambres d'amis.

Elle ne jeta qu'un rapide coup d'œil à la ronde.

— Combien de temps resterons-nous ici ? s'enquit-elle.

— Jusqu'à demain, seulement.

Plus vite il mettrait de la distance entre son grand-père et MJ, mieux ce serait. Il allait sortir, mais marqua le pas, se tournant vers MJ.

— Cette nuit, je…, commença-t-il, cherchant ses mots.

Levant les yeux vers lui, MJ sembla attendre qu'il se décide à poursuivre, puis hocha la tête comme si elle réalisait ce qu'il avait en tête.

— Il ne faut pas que je compte que tu viennes me rejoindre, c'est ça ? fit-elle. Et, bien sûr, tu préférerais que je me dispense de toute incursion dans ta chambre ?

Voyant disparaître l'éclat qui illuminait habituellement les prunelles vertes, Nikos eut le sentiment d'être un immonde personnage. Ne sachant trop que répondre, il fut surpris lorsque MJ se redressa de toute sa taille et planta fermement les mains sur ses hanches.

Si cela peut te rassurer, Nikos, lança-t-elle, je n'ai jamais pensé que ce que nous avons partagé puisse être davantage qu'un moment hors du temps. Un moment privilégié, certes, et dont nous chérirons le souvenir. Mais rien de plus.

Était-elle en train de lui signifier que tout était fini ? s'interrogea Nikos. Tout en lui se révoltait à cette idée.

— En tous les cas, reprit MJ, cela ne se reproduirait qu'à la condition que nous soyons prêts, l'un comme l'autre, à passer à l'étape suivante. C'est-à-dire, bien davantage.

La bouche sèche, Nikos songea qu'il ne pourrait espérer rien de mieux. Il le souhaitait même avec une ardeur qui le faisait trembler de tous ses membres. Mais comment cela serait-il possible vu les relations entre leurs familles ?

Il se passa nerveusement la main sur le visage. Jamais il n'aurait le courage d'imposer pareille épreuve à son père et à son grand-père.

Et quand bien même, MJ et lui parviendraient à réconcilier leurs aînés des deux bords, il resterait toujours ce…

Le cœur de Nikos se mit à battre douloureusement. Il faudrait qu'il révèle à MJ ce qui lui avait été caché jusque-là. Ce que lui-même s'était engagé à ne jamais dévoiler. Il n'aurait d'autre choix que de rompre la promesse qu'il avait faite à son propre père. À moins que celui-ci n'accepte de l'en libérer. Existait-il une issue à ce dilemme ?

Et puis, il y avait cette constante pomme de discorde constituée par le collier Ananké. Sur ce point, au moins, il pouvait peut-être faire avancer les choses.

— MJ, fit-il, je sais que dans l'idéal tu souhaiterais que nous fassions don du collier à un musée. Mais réfléchis bien. Le restituer à mon grand-père aiderait à l'apaiser. Peut-être à mettre un terme au conflit qui déchire nos familles. Est-ce que cela n'en vaut pas la peine ?

MJ posait sur lui un regard incrédule.

— Il y a moins d'une semaine, dit-elle, tu adhérais dur comme fer au point de vue des tiens, et maintenant tu voudrais me faire croire que tu es de mon côté ?

— Je sais, répondit Nikos en lui prenant les mains, cela semble insensé. Tu m'as ouvert les yeux, MJ. Et… *j'aime* ta façon de voir les choses.

C'était une forme de déclaration, ce dont Nikos avait clairement conscience. MJ en restait bouche bée. Mais il avait envie de se montrer à la hauteur de la bravoure dont elle était douée.

— À nous deux, enchaîna-t-il, nous serons peut-être capables de calmer les esprits. Ne serait-ce pas une avancée positive ? Surtout, si cela permet à Christian et Siena d'être ensemble, non ?

Arrachant ses mains à l'étreinte de Nikos, MJ semblait perdue.

— Je ne supporte pas l'idée de te dire adieu, MJ, martela-t-il. Je tiens trop à ce qui existe entre nous.

— Moi aussi, Nikos.

— Alors, accepte de remettre le collier à mon grand-père. C'est la seule manière de réconcilier nos aînés.

Au lieu de se jeter dans ses bras, comme Nikos l'espérait, MJ posa sur lui un regard embué de larmes.

— Quoi que nous fassions, Nikos, objecta-t-elle, ce fichu collier continuera à pourrir les relations entre nos familles. La seule issue consiste à nous en débarrasser.

10.

MJ s'attarda sous la douche. Elle se sentait souillée. Pas le genre de souillure que l'eau et le savon suffisent à effacer. Elle avait blessé Nikos. Involontairement, certes, mais le résultat était là. Et cette pensée lui brisait le cœur.

Cachant son visage entre ses mains, elle s'efforça de respirer en dépit du poids qui lui écrasait la poitrine.

Arrête de broyer du noir ! s'intima-t-elle *in petto.*

Il lui fallait réagir, tâcher de dissiper l'agitation qui s'était emparée d'elle. Discrètement, MJ gagna le rez-de-chaussée, sortit par une porte dérobée et s'éloigna de la demeure à grandes enjambées.

Gagnant l'extrémité de la propriété, elle s'assit sur un rocher d'où l'on avait une vue fabuleuse sur l'immensité de la mer Égée. Puis, inspirant profondément, elle s'appliqua à chasser toutes les pensées négatives encombrant son esprit.

Après tout, Vassillios n'avait pas gagné sur toute la ligne. N'avait-il pas perdu l'amour de sa vie à cause de son entêtement stupide ? Tante Joan n'était pas exempte de toute responsabilité, non plus. L'un comme l'autre s'étaient cramponnés à une fierté ridicule, au lieu de s'avouer mutuellement leurs sentiments.

Est-ce que tu ne t'exposes pas à un danger identique ?

Appuyant une main sur son sternum, MJ s'efforça d'en expulser la douleur qui la taraudait.

Même si, par miracle, une trêve était conclue entre les Constantinos et les Mabel, cela resterait une accalmie fragile, tant que le collier serait en possession des uns ou des autres. MJ se refusait absolument à en faire les frais.

Pas même pour l'homme que tu aimes ?

Elle *aimait* Nikos. Bien sûr !

Des pas résonnèrent dans son dos, et MJ effaça ses larmes avant de se tourner. Nikos s'avançait, le regard sombre, les lèvres pincées en une ligne mince.

Montrant le rocher de la main, il demanda :

— Je peux ?

MJ lui fit de la place, et il se laissa tomber à côté d'elle. Des effluves d'un parfum mêlant citron et bois de santal lui montèrent aux narines. Elle inspira profondément, retenant sa respiration pour s'en imprégner.

— Je suis désolée de m'être montrée aussi brutale avec ton grand-père, dit-elle. Je n'aurais pas dû.

— C'est lui qui aurait dû être plus raisonnable. Lorsqu'il s'agit de ta grand-tante, il perd tout sens commun.

Posant le journal de Joan sur les genoux de MJ, Nikos ajouta :

— Il refuse de le lire. Il prétend que ça ne peut être qu'un tissu de mensonges. Il m'a demandé de te le rendre.

Caressant la couverture du journal, MJ murmura :

— Au moins, j'aurai essayé.

— Je n'aurais pas dû te demander de m'accompagner. J'espérais que te rencontrer le rendrait moins intransigeant. J'avais mal évalué…

— Mon charme naturel ?

C'était un effort pour détendre l'atmosphère, mais l'ébauche de sourire que cela amena sur les lèvres de Nikos fut de courte durée.

— Son entêtement, rectifia-t-il.

— Cela fait cinquante ans qu'il rumine son indignation. Il peut difficilement y renoncer en un clin d'œil. C'est dommage qu'il n'ait pas eu le courage de lire. J'espérais que ça lui ferait du bien. Sauf que…

— Que quoi ?

Dans le regard que Nikos tournait vers elle, MJ lut une

vénération qui fit s'emballer son pouls. Elle s'obligea à fixer de nouveau l'horizon pour tâcher de le contrôler.

— Qu'il risquerait de s'avérer plus douloureux que réconfortant de découvrir qu'on s'est trompé toute sa vie.

Ouvrant le journal aux dernières pages, MJ en entreprit la lecture à voix haute.

« Vassilli, si jamais tu lis ces lignes, je veux que tu saches que je t'ai aimé jusqu'à mon dernier souffle. Il ne se passe pas un seul jour sans que je ne pense à toi. Pas un seul jour ne s'écoule sans que je n'éprouve le regret cuisant de ne pas t'avoir détrompé lorsque tu m'accusais de t'avoir été infidèle.

Comment l'aurais-je pu ? À mes yeux, il n'existait qu'un seul homme sur terre : toi. Je croyais que tu le savais. Dans ma fierté blessée, j'ai pensé que tu aurais dû en être certain. J'aurais voulu que tu te battes pour conserver mon amour. En voyant que tu ne le faisais pas, je me suis persuadée que je ne comptais pas pour toi autant que je l'espérais. Ensuite, tu t'es marié si vite…

J'ai gardé le collier parce que je ne supportais pas l'idée que tu puisses l'offrir à une autre. Pour être honnête, je m'étais figuré que tu viendrais en personne me le réclamer. Face à face, nous nous serions expliqués. Et réconciliés, croyais-je. Quand j'ai compris que cela n'arriverait pas, trop de temps s'était écoulé. Nos destins respectifs étaient scellés. Nous aurions dû nous battre l'un pour l'autre avec davantage de détermination, mon amour. Nous avons été deux idiots. Mais je veux que tu saches que, dans mes rêves, j'ai dansé dans tes bras chaque nuit de ces cinquante dernières années.

Adieu, mon très cher Vassilli.

Ton éternellement dévouée, Joanie »

Refermant le journal, MJ murmura :

— Ton grand-père aurait éprouvé des regrets en lisant cela, mais peut-être en aurait-il été rasséréné, qui sait ?

— Est-ce que je pourrais le lire ?

MJ le tendit à Nikos sans un mot. Puis elle s'efforça de sourire et ajouta :

— Il a dû être satisfait, quand tu lui as appris qu'il y avait de grandes chances que je te rende le collier.

— Je n'en ai rien dit.

Quoi ? Si Nikos n'avait pas abattu cette carte maîtresse, MJ pouvait-elle croire qu'elle avait encore une chance avec lui ? Que c'était *elle* qu'il choisissait, et non le collier ? Ou bien, se berçait-elle d'illusions ?

— Pour tout dire, je n'ai pas vraiment eu le temps de lui asséner cette révélation, reprit Nikos. Il voulait savoir la raison de ta présence à mes côtés, et j'ai dû lui annoncer que Christian et Siena s'étaient probablement déjà fiancés en secret…

À la grimace qu'esquissa Nikos, MJ comprit que les deux hommes avaient certainement eu un échange assez… *vif.* Cependant, Nikos aurait pu calmer son grand-père avec l'annonce que le collier allait retrouver sa place dans leur famille. Pourtant, il avait choisi de se taire.

Certes, MJ préférait s'exhorter à la prudence. Néanmoins son cœur se gonflait d'espoir.

— Est-ce que tu veux que nous regagnions Athènes dès cet après-midi ? s'enquit-elle.

— Non, nous n'y serions pas avant la nuit. Nous partirons demain matin, comme prévu.

MJ fut sur le ponton avant Nikos, le lendemain matin. À le voir s'avancer d'un pas décidé, une bouffée de désir la prit au dépourvu. Elle détourna le regard.

La veille, ils avaient dîné en tête à tête, Vassillios ne se donnant pas la peine de se montrer.

Au matin, une domestique lui avait apporté le petit déjeuner dans sa chambre, avec un mot de Nikos précisant qu'il désirait quitter l'île dans moins d'une heure.

— Mon grand-père a effectué quelques recherches, déclara-t-il sans préambule en la rejoignant. Apparemment, Christian et Siena n'ont jamais quitté Londres.

— *Quoi ?*

Nikos tendit à MJ un bout de papier sur lequel était griffonné le nom d'une clinique londonienne.

— Nous devrions être à Athènes au plus tard en milieu de matinée, dit-il. J'ai fait réserver deux places sur un avion pour Londres à 13 heures.

S'immobilisant devant la porte de la chambre de Siena, MJ tendit la main sans oser frapper.

— Qu'est-ce qu'il y a ? demanda Nikos.

MJ soupira :

— Je ne sais pas comment elle va prendre le fait de me voir débarquer.

— Je suis avec toi, MJ. Tu le sais, pas vrai ?

Oui, elle savait. Et cela lui était d'un grand secours. S'obligeant à sourire, elle toqua à la porte.

Soutenue par plusieurs oreillers, Siena était allongée sur son lit. Contrairement à ce que MJ avait redouté, elle n'était pas épouvantablement pâle, et aucun tuyau n'était connecté à ses bras. Le soulagement faillit faire tomber MJ à la renverse.

— Jojo ! s'exclama Siena avec un grand sourire.

Se précipitant vers le lit, MJ l'étreignit.

— Comment tu te sens ?

— Dans une forme olympique ! Christian a un ami médecin dans cette clinique. Il a accepté de m'y hospitaliser pour une petite opération, et je suis comme neuve. J'aurais pu rentrer chez moi il y a deux jours, mais…

Siena s'interrompit en rougissant.

— Mais tu préférais te cacher, c'est ça ?

— Christian et moi avions besoin d'un peu de calme. Avant

le déchaînement de la tempête. Tu nous comprends, n'est-ce pas ? Ça va *vraiment* déclencher une tempête.

Elle leva sa main gauche. À l'annulaire brillait une bague de fiançailles.

— Félicitations à tous les deux, déclara MJ. Je suis sincèrement heureuse pour vous, Sisi. Mais tu aurais pu me prévenir. Tu savais que je serais morte d'inquiétude.

— MJ était persuadée que tu étais à l'article de la mort ! s'interposa Nikos, indigné. Tu aurais pu l'épargner !

— Tu ne parles pas comme ça à ma fiancée ! tonna Christian. Elle a besoin de repos. Pas de quelqu'un qui la contrarie !

— Je suis désolée, Jojo, murmura Siena. Je pensais qu'en te faisant dire par Freddy que j'étais dans une clinique en Suisse, cela suffirait à te rassurer.

Siena prit la main de MJ entre les siennes, puis ajouta :

— Je suis tellement heureuse que tu sois là. Christian et moi allons avoir besoin de ton aide. Aucune de nos deux familles ne va accepter notre union. Tu es la seule qui soit capable de leur faire entendre raison.

— Non ! protesta MJ avec véhémence. Si tu aimes Christian, c'est à toi de te battre pour lui, Siena. Je vous soutiendrai, bien sûr, mais c'est *votre* combat. Pas le mien.

MJ s'était levée du bord du lit, et elle fixait sa sœur qui demeurait bouche bée.

— C'est parce que tu m'en veux, MJ ? demanda Siena. Je suis désolée si je t'ai fait faire du souci, mais…

— Rassure-toi, j'aurai vite oublié. Non, simplement, vous êtes assez grands, tous les deux, pour vous débrouiller par vos propres moyens. Et je ne serai pas toujours là pour arranger les choses pour toi, Siena. Tu dis toi-même que cela te pèse.

Siena continuait à darder sur elle un regard désespéré et elle laissa même échapper un sanglot. Christian vint l'entourer d'un bras protecteur. MJ se força à sourire, préférant ne pas s'attarder sur ce qu'il y avait d'étrange à voir quelqu'un d'autre qu'elle-même réconforter sa jumelle.

— Ce n'est pas aussi simple, gémit Siena. Oh ! Jojo, il s'agit de… *nos parents !*

Soudain, MJ eut l'impression d'être glacée de la tête aux pieds. Lui revenaient en mémoire toutes les allusions de Nikos au fait qu'elle ignorait certaines choses. Elle jeta un coup d'œil dans sa direction, mais il était obstinément tourné vers la fenêtre.

— Quoi, nos parents ? lâcha-t-elle en faisant de nouveau face à Siena.

— Père avait une liaison avec Tori Constantinos !

MJ chancela. *Non,* c'était impossible ! Et pourtant, cela expliquait cette haine qui perdurait entre leurs familles. Pourquoi Nikos ne lui en avait-il pas parlé ?

— Lorsque Andreas s'en est rendu compte…

Siena s'interrompit dans sa tentative d'explication. Elle leva les yeux vers Christian et se cramponna à sa main.

— Continue ! gronda MJ d'une voix qu'elle reconnaissait à peine.

— Il a appelé notre mère, reprit Siena d'une voix tremblante. Il lui a indiqué le lieu de rendez-vous des amants. Qu'elle y trouverait son mari. C'est là que maman se rendait quand elle a eu son accident, MJ. Elle était tellement bouleversée qu'elle s'est tuée au volant !

— *Quoi ?*

— À cause de tout ça, père et Andreas se détestent encore plus que tante Joan et Vassillios. Tu comprends, maintenant, ce qu'il va nous falloir affronter ?

Le sanglot nouant la voix de Siena résonna dans la poitrine de MJ. D'un pas hésitant, elle alla s'asseoir dans le fauteuil placé à l'autre extrémité de la chambre. Loin de tous.

Comment Nikos avait-il pu lui cacher toute cette histoire ? Christian, au moins, faisait suffisamment confiance à Siena pour ne pas lui dissimuler la vérité. Sauf que…

— Je suis désolée, Siena, mais ce que tu dis est faux !

MJ avait martelé ces mots, en pointant vers sa sœur un

menton querelleur. Voir les larmes couler sur le visage de sa jumelle ne l'empêcha pas de poursuivre :

— Ce n'était pas Andreas qui a appelé maman, ce jour-là. C'était Tori.

— Tu te trompes ! s'exclama Christian.

Dans son coin, Nikos se raidit mais MJ ne se laissa pas distraire.

— Maman et moi, nous faisions de la pâtisserie, reprit-elle. Elle avait les mains couvertes de farine, aussi c'est moi qui ai décroché. Ensuite, elle a pris l'appel, a écouté un moment, puis a crié que tout ça ce n'était que des mensonges. Quand elle a raccroché, elle a pris ses clés de voiture et elle est sortie en courant. C'est la dernière fois où je l'ai vue vivante.

— Tu dis n'importe quoi ! rugit Christian.

Il promenait un regard éperdu de MJ à son frère.

— Père m'a toujours dit que c'était *lui* qui avait prévenu Diana, enchaîna-t-il. Qu'il le regrettait épouvantablement…

— MJ dit la vérité, Christian.

Nikos avait coupé la parole à son cadet d'une voix métallique. MJ eut l'impression qu'elle allait s'évanouir. Ainsi, Nikos connaissait l'exacte vérité ?

— Celui qui ment, c'est *père,* reprit-il. Notre mère avait bel et bien appelé Diana, dans l'espoir qu'en apprenant l'infidélité de Graham elle demanderait le divorce. Ce que mère n'avait pas prévu, c'était que sa rivale se tuerait en voiture à cause de cette révélation. Si père a pris la responsabilité de ce coup de téléphone, c'était à la fois pour la protéger et pour qu'elle reste avec lui.

Christian se laissa tomber dans le fauteuil le plus proche. Les yeux écarquillés, Siena plaquait les mains sur sa bouche. Nikos demeurait figé, mais MJ sentait toute la tension qui habitait chacun de ses muscles.

Comment était-il possible qu'elle soit à un tel point connectée à lui, quand il l'avait épouvantablement trahie ?

MJ se leva et se dirigea vers la porte.

— *Jojo ?* Où est-ce que tu vas ? glapit Siena.

MJ se tourna vers sa sœur.

— J'ai besoin d'être seule, répondit-elle. Je n'en peux plus de toutes ces histoires, ces mensonges, ces accusations… Débrouillez-vous sans moi. Je déclare forfait.

Sur ces mots, elle sortit avant d'éclater en sanglots. Elle n'avait pas prévu que Nikos la suive, mais il la rattrapa au bout du couloir.

— Laisse-moi te raccompagner, dit-il.

Plutôt mourir ! s'indigna MJ *in petto.*

Fort heureusement, une salle d'attente vide semblait n'attendre qu'eux. MJ y poussa Nikos.

— Tu savais ! murmura-t-elle la gorge serrée. Pendant tout ce temps, tu étais au courant de tout et tu ne m'as rien dit !

Nikos se passa une main sur le visage.

— Je suis désolé, MJ, gémit-il. Au début, j'ai cru que tu étais au courant. Puis, quand j'ai compris que ce n'était pas le cas, j'ai pensé que ce serait cruel de te révéler toute l'histoire.

Cruel ? La colère submergea MJ. Elle se raidit pour ne pas pleurer. Pas *là !* Pas devant *lui !*

— Tu as couché avec moi, mais tu n'as pas jugé bon de me confier ce secret, c'est ça ? Tu n'as pas pensé que j'avais le droit de savoir ? Ou alors… tu voulais me faire payer pour ce qu'il s'était passé entre ta mère et mon père ?

Les pommettes de Nikos devinrent cramoisies.

— Mais, non ! s'exclama-t-il. Loin de moi cette idée ! Oh ! MJ, si seulement je pouvais faire machine arrière !

Sauf qu'il était trop tard pour cela. Et pourquoi lui ferait-elle confiance ? Elle s'était livrée corps et âme à un homme qui ne la jugeait pas digne de connaître la vérité sur leur passé commun. Elle était encore plus stupide que tante Joan.

— Tu comptes beaucoup pour moi, MJ.

Elle secoua la tête.

— Je ne te crois pas, dit-elle. Si c'était vrai, tu ne m'aurais pas menti comme tu l'as fait. J'ai été vraiment idiote de ne pas vouloir voir la réalité.

— Que veux-tu dire ? Quelle réalité ?

Nikos était hagard. Il paraissait aussi mal que MJ l'était elle-même. Peut-être était-il sincèrement désolé… Mais cela ne changeait rien au fait que ce qu'il s'était passé sur le bateau n'avait pas eu, pour lui, la même importance que pour elle.

— La réalité, Nikos, répondit-elle, c'est que tu es exactement pareil que ton père et ton grand-père.

Nikos chancela. Il était blême. Voyant qu'il ouvrait la bouche pour réagir, MJ ne lui en laissa pas le temps.

— Inutile de m'accompagner, lança-t-elle. Je vais prendre un taxi.

11.

— Miss Marjorie Mabel demande à vous voir, monsieur.

Nikos bondit de son fauteuil.

MJ ? Ici ?

Elle n'avait répondu à aucun message depuis la veille. Imaginer combien elle devait souffrir le mettait dans tous ses états. C'était à *lui* de souffrir mille morts, pas à *elle*.

— Ne la faites pas attendre, Giles. Je…

— Comme tu le vois, on ne m'a pas fait attendre, Nikos.

Lorsque MJ émergea de derrière son assistant, Nikos sentit le sang rugir à ses oreilles. Il fit le tour de son bureau pour venir lui prendre les mains. Discrètement, Giles s'éclipsa, refermant la porte après lui.

Bon sang ! MJ était épouvantablement pâle, et ses traits étaient tirés. Des cernes soulignaient ses yeux.

— Comment vas-tu ? dit-il d'un souffle.

Il vit MJ hausser un sourcil, et il fit la grimace.

— Désolé, c'était une question idiote, s'excusa-t-il.

La tenant par la main, il la conduisit jusqu'à un fauteuil et prit place sur celui qui lui faisait face.

— Je suis tellement heureux de te voir. Est-ce que tu veux bien m'accorder une chance de m'expliquer ? Même si je ne le mérite pas.

Mordant sa lèvre inférieure, MJ détourna le regard puis arracha sa main d'entre les siennes. Elle avait l'air affreusement triste. Avant de savoir ce qu'il faisait, Nikos se retrouva à genoux devant elle.

— Marjorie, je t'en prie, supplia-t-il. Crois-moi, je n'ai jamais eu l'intention de te faire du mal. Je ne supporterais pas que tu me détestes comme nos aînés se sont détestés, et…

Il se tut, incapable d'en dire plus.

— Je ne te déteste pas, Nikos.

De la main, MJ désigna le fauteuil qu'il avait abandonné, et Nikos se contraignit à y reprendre place.

— Pourquoi m'as-tu dissimulé la vérité ? l'interrogea-t-elle. Pourquoi m'avoir menti ?

Se passant nerveusement la main dans les cheveux, Nikos se demanda comment il allait expliquer.

Mieux vaut commencer par le commencement…

— Je n'ai appris ce qu'il y avait entre ma mère et Graham qu'après l'accident de voiture de ta mère. Mon père nous a alors tous embarqués pour la maison du Devon. Les disputes entre mes parents étaient terribles.

La gorge nouée, Nikos marqua une pause. À l'époque, il en était venu à haïr Graham Mabel de toutes ses forces. Pour l'enfant qu'il était, cet homme était responsable de leur malheur. Exhalant un profond soupir, Nikos reprit :

— Je n'aurais jamais imaginé que des hommes dans la force de l'âge soient capables de pleurer. Mais j'ai vu mon père pleurer, et supplier ma mère de rester. Je l'ai entendu promettre que, si elle acceptait, il s'engageait à assumer la responsabilité de ce qu'il s'était passé. Pour tout le monde, ce serait lui qui avait donné le coup de fil fatal à Diana.

Deux sillons creusèrent le front de MJ

— Et elle a accepté ?

Nikos se prit la tête entre les mains.

— Elle était sous le choc. Complètement traumatisée, et incapable de réfléchir sainement. Par la suite, elle n'a plus jamais été la même. Elle était dévorée par la culpabilité. Jusqu'à faire une tentative de suicide. C'est mon grand-père qui l'a sauvée en lui faisant un massage cardiaque.

Dans le regard de MJ, Nikos vit qu'elle commençait à comprendre.

— C'est pour cela que tu éprouves une telle gratitude envers lui ? s'enquit-elle.

— En partie, oui. Mais pas seulement. Mon grand-père a toujours été très bon avec moi. Je l'aime profondément.

De nouveau, Nikos s'accorda quelques secondes avant de poursuivre.

— Après cet épisode, j'ai essayé de convaincre mon père d'avouer la vérité. En particulier à Christian. Il a refusé, et m'a fait promettre de garder le secret. Même devant mon grand-père.

S'inclinant vers lui, MJ lui prit la main.

— Tu n'avais que quatorze ans. C'était injuste de faire peser un tel fardeau sur tes épaules.

Jusqu'à sa rencontre avec MJ, Nikos n'avait pas perçu cela comme une charge intolérable. Il avait à cœur de protéger sa mère, si fragile, et d'aider son père à sauver la face. Mais une fois qu'il avait connu MJ…

— J'aurais dû avoir le courage de tout te raconter, MJ. Pardonne-moi.

Elle leva vers Nikos un regard empli de compassion.

— Sauf qu'il te fallait choisir lequel de nous deux tu préférais trahir : moi ou ton père. Je n'aurais pas aimé être à ta place, Nikos. J'ai été un peu dure avec toi, à l'hôpital. Pardonne-moi.

— Pour l'amour du ciel, MJ, ne t'excuse pas ! Tu es la seule personne, dans toute cette histoire, qui n'a pas à s'excuser de quoi que ce soit. Tu serais en droit de m'en vouloir éternellement.

MJ haussa une épaule.

— Je n'en veux à personne, dit-elle. Tes parents et mon père ont chèrement payé le drame du passé.

La capacité d'empathie de MJ était hallucinante, songea Nikos. Tout comme sa détermination à pardonner.

— Comment fais-tu pour être aussi tolérante à l'égard des faiblesses d'autrui ?

Se levant d'un bond, MJ se mit à arpenter la pièce.

— À t'entendre, on croirait que je suis une sainte !

s'exclama-t-elle. Mais je suis tout le contraire. Parfois, j'ai envie de secouer tout le monde. De leur dire que ça suffit avec leur susceptibilité insensée, leur goût du drame.

Elle revint s'asseoir, se laissant tomber brutalement dans le fauteuil qu'elle venait de quitter.

— J'ai quelque chose pour toi, fit-elle en fourrageant dans son sac.

Ce fut d'une main tremblante que Nikos prit le paquet que MJ lui tendait. Déchirant le papier, il découvrit un coffret en bois. Retenant son souffle, il l'ouvrit.

Le collier Ananké.

— Il a fallu que je signe une décharge pour avoir le droit de te l'apporter, déclara MJ. Je tenais à te le remettre en mains propres. Pour te remercier d'avoir rempli ta part du contrat.

Ramassant son sac, elle se leva, et Nikos comprit qu'elle allait partir. S'il ne trouvait pas le moyen de l'en empêcher, il risquait de ne jamais la revoir. C'était hors de question !

— On ne va pas se quitter comme ça, MJ, fit-il d'une voix étranglée.

— Nous nous croiserons à l'occasion, bien sûr. Surtout si…

— Je ne veux pas te perdre, MJ !

De la main, MJ désigna le collier que Nikos tenait toujours.

— Si j'ai bien compris, dit-elle, tu vas te servir de ça pour faire accepter à ta famille les fiançailles de Christian et Siena.

— Oui, mais pourquoi est-ce que ça ne servirait pas également à leur faire accepter notre relation ?

Gagnant la fenêtre, MJ regarda dehors pendant un long moment, avant de se tourner vers lui.

— Admettons que je sois amoureuse de toi, Nikos, fit-elle. Ce qui n'est que la pure vérité.

À l'entendre énoncer ce postulat, Nikos eut l'impression d'être parcouru par une décharge électrique. Mais avant qu'il n'ait le temps de réagir, MJ enchaîna :

— Supposons que toi aussi, tu sois amoureux de moi. Ne dis rien ! Tout ce que tu pourrais dire me brisera le cœur.

Donc, imaginons que nous décidions de nous marier, et que nous ayons trois adorables enfants…

— Tu veux trois enfants ?

Une ébauche de sourire flotta sur les lèvres de MJ.

— C'est un bon chiffre, non ? fit-elle.

Un instant, elle sembla réfléchir à ce qu'elle allait dire. Le sourire s'était évanoui.

— Ce qui serait moins bien, poursuivit-elle, ce scrait que ces enfants en viennent à se déchirer à leur tour pour savoir à qui ce collier devrait revenir un jour. C'est précisément la raison pour laquelle je ne veux plus rien avoir à faire avec cet objet de malheur. Plus jamais ! Même si cela signifie rompre définitivement avec toi.

Tandis qu'elle se dirigeait vers la porte, MJ s'arrêta devant le bureau de Nikos. Elle y déposa un petit galet rose.

— Adieu, Nikos, fit-elle.

Interloqué, Nikos fixa le caillou. Puis il se rappela avoir vu MJ ramasser quelque chose sur la plage, avant qu'ils ne quittent leur île grecque. Il en était encore à chercher quoi dire, lorsqu'elle franchit la porte sans se retourner et ferma derrière elle. C'était fini.

Nikos fut brutalement submergé par le sentiment qu'il venait de perdre tout ce qui donnait un sens à sa vie. Lançant à l'autre bout de la pièce le bijou hors de prix, il alla prendre le galet et revint s'effondrer sur son fauteuil.

Une fois franchi le seuil de son appartement de Chelsea, MJ s'immobilisa et jeta son sac sur la table de l'entrée. Elle était glacée.

— Marjorie Joan Mabel, que viens-tu de faire ? s'exclama-t-elle.

Gagnant le salon, elle se laissa tomber sur le canapé, serrant un coussin sur son cœur. Venait-elle vraiment de rompre avec Nikos, sans espoir de retour ?

Tenant le coussin à bout de bras, elle s'adressa à l'objet.

— Suis-je en train de me comporter comme tante Joan ? fit-elle à haute voix.

Cette fois, le malheureux coussin vola à l'autre bout de la pièce. MJ se prit la tête à deux mains.

Est-ce que sa peur de reproduire l'histoire familiale n'obscurcissait pas son jugement ? Nikos n'avait peut-être pas tort lorsqu'il disait qu'à eux deux ils étaient capables d'effacer les erreurs du passé. Ne pouvait-elle se contenter de chercher à atteindre cet objectif avec lui ?

Sauf que, tant que le collier maudit serait entre les mains de l'une ou l'autre des familles, rien ne garantissait que de nouvelles chamailleries n'éclatent inopinément.

Pouvait-elle oublier la promesse qu'elle avait faite à tante Joan ? Celle de remettre le bijou à un musée. Au fond d'elle-même, MJ était certaine que c'était la plus sage des décisions. Elle n'avait jamais imaginé qu'il lui en coûterait autant. Car, se tenir à pareille résolution était comme faire tomber un couperet fatal entre elle-même et celui qu'elle aimait.

Se recroquevillant sur le canapé, les bras enserrant ses genoux, elle laissa son regard errer sur la pièce. Les paupières lui brûlaient, et sa gorge était tellement nouée qu'elle avait peine à respirer.

— Pourquoi as-tu demandé à me voir, MJ ?

MJ ne connaissait que trop bien l'expression qu'elle voyait se peindre sur le visage de son père. Celle qui signifiait : « Je n'accepterai pas de leçon au sujet des relations entre ta sœur et moi. »

Elle referma la porte et vint s'asseoir en face du bureau de Graham, sans attendre qu'il ne l'y invite.

— J'aurais préféré que nous ayons cette discussion dans l'intimité de notre maison familiale, dit-elle, mais puisque tu prétends être trop occupé…

— Si c'est *encore* pour me parler de Siena, je…

MJ lui coupa la parole.

— J'ai remis le collier Ananké à Nikos Constantinos.

L'air interloqué, Graham semblait ne pas comprendre.

— Par ailleurs, j'ai appris ce qu'il en était de tes relations avec Tori, reprit MJ.

Son cœur se serra lorsqu'elle vit son père blêmir.

— Alors, c'est parce que tu me penses responsable de la mort de ta mère que tu as remis le collier à un membre de *cette famille,* c'est cela ? Pour me punir ?

Il avait craché les mots « cette famille » en y mettant tout le mépris possible.

— Tu te trompes, rectifia MJ. Je ne cherche pas à te punir de quoi que ce soit. Mais tu te trompes aussi sur autre chose. Contrairement à ce que tu penses, l'accident de maman n'est pas imputable à Andreas.

Hagard, Graham se leva d'un bond.

— Bien sûr que si ! S'il ne l'avait pas appelée, elle…

— Ce n'était pas lui au téléphone. Je le sais, parce que c'est moi qui ai répondu, ce jour-là. Je n'avais que neuf ans, mais chaque seconde de cet après-midi est gravée dans ma mémoire. Ce n'était pas Andreas, père. C'était Tori.

Bouche ouverte, Graham semblait manquer d'air.

— Mais…, mais…, bredouilla-t-il. Pourquoi est-ce qu'Andreas n'en a jamais rien dit.

— Pour protéger Tori. Et aussi parce qu'il espérait sauver ce qui pouvait encore l'être de leur union.

— Tori allait le quitter, et elle voulait que je quitte ta mère.

— Tu l'aimais ?

Est-ce que son père avait éprouvé pour Tori Constantinos la même passion qu'elle nourrissait à l'égard de Nikos ?

Il hocha la tête lentement.

— Ta mère n'était plus, pour moi, qu'une amie très chère, répondit-il. Nous nous étions mariés très jeunes et…

S'interrompant, il se passa une main sur le visage. Soudain, il paraissait terriblement vieux.

— Avec Tori, c'était une passion comme je n'en avais jamais connu. Tromper ta mère était impardonnable, J'aurais dû lui parler sans attendre. Je ne l'ai pas fait… Quand elle est morte…, j'ai jugé que je n'avais plus droit au bonheur.

— Eh bien, on peut dire que vous avez fait un beau gâchis, tous autant que vous êtes !

Relevant la tête, Graham pointa le menton vers MJ.

— Je suppose que c'est Nikos qui t'a raconté tout cela pour que tu lui rendes le collier ! lança-t-il.

— Nikos n'est pas ce genre d'homme. Au contraire, il a cherché à me protéger de toute cette histoire. Ce sont Siena et Christian qui m'ont mise au courant.

— Que diable ta sœur fait-elle avec Christian Constantinos ?

— Ce serait un peu long à t'expliquer. Les analyses récentes de Siena n'étaient pas bonnes et elle avait… *disparu…* en compagnie de Christian. Comme je n'arrivais pas à trouver sa trace, je suis allée voir Nikos en lui promettant le collier s'il m'aidait dans mes recherches.

— Pourquoi ne m'as-tu pas prévenu ?

— Faut-il que je te rappelle que vous vous étiez disputés et que tu attendais qu'elle fasse le premier pas ? À croire que le passé ne t'a rien appris ! Cette dispute aurait pu être le dernier entretien que tu avais avec elle !

— Est-ce qu'elle est… ?

— Non. Tout va bien. Christian l'a fait admettre dans une clinique privée où elle a été très bien été soignée. Au fait, ils sont fiancés. Alors, autant que tu te prépares à faire amende honorable auprès de Siena, et à agir comme un père aimant.

— Il n'est pas question que je donne mon accord à une pareille bêtise ! tonna Graham. Une union entre les Mabel et les Constantinos ne peut que mener à la catastrophe !

MJ se leva et se dirigea vers la porte.

— Que tu le veuilles ou non, lança-t-elle, ce mariage se fera. À toi de décider ce qui compte le plus pour toi : le bonheur de ta fille, ou ta fidélité à de vieilles querelles.

Une fois chez elle, MJ se laissa de nouveau tomber sur le canapé, qui semblait devenir son lieu de prédilection. Puis elle prit son coussin favori à bout de bras – en se disant qu'il serait peut-être temps qu'elle trouve un chat, interlocuteur moins improbable.

— Est-ce que tu crois que si je proposais à Nikos de s'enfuir avec moi en Nouvelle-Zélande, il accepterait ? fit-elle.

12.

Nikos consacra l'essentiel de la semaine suivante à s'efforcer d'effacer de son esprit le souvenir des journées passées avec MJ.

Dans la journée, il s'abrutissait dans le travail. Ses soirées étaient consacrées à la lecture du journal de Joan Mabel. À s'y plonger, il se sentait plus proche de MJ. Cependant, cela n'aidait en rien à alléger le poids qui écrasait son cœur, le privant de toute énergie et de toute joie de vivre.

Au sixième jour, Nikos renonça à faire semblant. Parcourant son bureau en tous sens, il débita un chapelet de jurons.

Bon sang de bonsoir ! MJ ne lui avait-elle pas avoué son amour ? Et il l'aimait tout autant. Corps et âme. Chaque seconde loin d'elle était un calvaire qui le laissait éreinté.

Il jura à nouveau. Plus fort encore. À n'en pas douter, MJ devait vivre une épreuve tout aussi douloureuse, sinon plus. Or, elle ne méritait pas de souffrir. Dans cette tragique histoire, elle avait été la seule à se comporter avec intégrité.

Elle ne méritait pas d'avoir le cœur brisé.

Alors, fais ce qu'elle te demande.

Nikos alla appuyer son front contre la fraîcheur d'une vitre, sans pour autant discerner l'agitation de la ville, sous ses fenêtres, ni même le dôme de la fameuse cathédrale Saint-Paul.

Comment souscrire aux desiderata de MJ sans anéantir sa propre famille ?

Pourtant, n'avait-elle pas raison lorsqu'elle avançait que la paix n'adviendrait pas entre les Mabel et les Constantinos tant que les uns ou les autres seraient en possession du collier ? Le scénario qu'elle avait élaboré lors de leur dernière entrevue – celui dans lequel leurs futurs enfants se déchiraient pour sa possession – avait horrifié Nikos.

Bien sûr, ce n'était qu'une hypothèse. Mais était-ce l'héritage qu'ils souhaitaient transmettre aux enfants que Christian et Siena étaient susceptibles de concevoir ?

Oui, MJ avait raison de vouloir bannir ce fichu collier de leurs vies respectives. Mais comment y parvenir ?

À moins que… Nikos se figea. N'était-il pas le seul qui soit en mesure de combler le fossé séparant leurs familles ?

Certes, ce ne serait pas une mince entreprise. Cependant, cela valait la peine d'essayer. Ou, sinon, il n'aurait d'autre choix que d'accepter de perdre MJ.

Non ! Il *se devait* d'essayer.

Empoignant son téléphone, il appela son grand-père.

— Es-tu parvenu à ramener ton imbécile de frère à la raison ? aboya le vieil homme.

— Je n'appelle pas pour ça, mais pour te dire que le collier est dans mon coffre. MJ me l'a remis.

Il y eut quelques secondes de silence, puis Nikos entendit son grand-père reprendre sa respiration.

— Oh ! Nikos ! s'exclama-t-il. Tu n'imagines pas le plaisir que tu me fais en…

— Laisse-moi terminer, *pappoús.* J'exige que tu lises le journal de Joan Mabel. Sinon, je rendrai le collier à MJ.

— Comment oses-tu me parler ainsi ? Je suis ton grand-père, mon garçon. Tu n'as pas à me lancer d'ultimatum !

— Je te fais parvenir les pages scannées du journal. Je te rappellerai d'ici cinq jours, et j'espère que tu les auras lues.

Puis, sans plus de discours, Nikos mit fin à l'entretien. Ensuite, il fit venir sa secrétaire et demanda qu'elle lui fixe rendez-vous avec Graham Mabel.

— Graham Mabel, monsieur ? s'étonna-t-elle.

— Oui. Ainsi qu'avec Bayard Crawford, le notaire. Et annulez tous mes rendez-vous pour cet après-midi.

Le plus urgent était de rendre visite à Siena et Christian. Attrapant son manteau, Nikos quitta son bureau d'un pas décidé.

Dix jours plus tard, Nikos pénétra dans le bureau de MJ sans laisser le temps à sa secrétaire de l'annoncer.

Levant les yeux de son ordinateur, MJ ouvrit grand la bouche.

— *Nikos !* s'exclama-t-elle.

Au premier coup d'œil, Nikos remarqua avec désespoir son extrême pâleur, ses traits tirés et… N'avait-elle pas maigri ?

Il se laissa tomber dans le fauteuil faisant face au bureau.

— Tu peux dire à ton assistante de nous laisser ? demanda-t-il. Elle n'a pas besoin d'appeler la sécurité.

Le sourire qui étira les lèvres de MJ mit un peu de baume au cœur de Nikos.

— Tout va bien, Lucy, dit-elle. Mr Constantinos et moi sommes… de vieux amis.

Seigneur, comme il aimait cette femme ! songea Nikos. Sur son visage aminci, il ne lisait pas la moindre trace de ressentiment. Il était clair qu'elle était heureuse de le voir.

— Pour une surprise, voilà qui est une surprise ! dit-elle une fois que ladite Lucy eut tourné les talons. Que puis-je pour toi ?

— Tu m'as manqué, lâcha Nikos malgré lui. J'avais trop envie de te voir. Ou plutôt, j'avais *besoin* de te voir.

Le regard de MJ lança des éclairs.

— Non, Nikos, c'est trop cruel ! martela-t-elle. Tu ne peux pas faire ça ! Même si tu n'es pas d'accord.

— Je te comprends, et je respecte ce que tu ressens. Mais je suis en mesure de t'apporter quelques éléments nouveaux.

De sa poche, il sortit l'écrin contenant le collier Ananké et le posa sur le bureau. MJ recula comme si elle avait reçu un coup.

— Qu'est-ce qui te prends de m'apporter *ça ?* s'indigna-t-elle. Qu'est-ce que ça signifie ?

— Ça signifie, MJ, répondit-il avec une emphase calculée,

que je viens de passer dix jours à harceler, amadouer, et sermonner les différents membres de nos deux familles, jusqu'à leur faire entendre raison.

Ouvrant des yeux ronds, MJ se leva d'un bond, nouant ses doigts à s'en faire blanchir les jointures.

Faisant le tour du bureau, Nikos la prit par la main.

— Viens t'asseoir, dit-il en la conduisant vers le canapé à l'autre bout de la pièce. J'ai un certain nombre de choses à te raconter. Et puis, j'ai besoin de ta signature.

— Ma signature ? répéta MJ. Je ne veux pas de ce fichu collier, Nikos ! Ne pense même pas à me le rendre.

Nikos éclata de rire.

— C'est exactement ce dont j'ai menacé mon grand-père, s'il ne se décidait pas à lire le journal de Joan, dit-il.

Cette fois, c'était tout juste si MJ n'avait pas les yeux qui lui sortaient de la tête.

— Tu as fait ça ? s'exclama-t-elle. Et..., comment a-t-il réagi ? Vous vous êtes brouillés ?

— Ne t'inquiète pas. Tout va bien entre nous. Je ne dis pas que cette lecture lui a été aisée. Mais les dernières pages ne lui ont pas simplement apporté l'apaisement. Elles lui ont aussi donné une grande joie.

Le sourire qui illumina les traits fatigués de MJ aurait suffi à faire que le cœur de n'importe quel homme normalement constitué bondisse hors de sa poitrine.

— Oh ! Nikos ! J'en suis tellement heureuse !

— Moi aussi, MJ. Néanmoins, je me suis rendu compte que tu avais négligé un problème de taille dans ton projet de faire don du collier à un musée.

Tout à coup, le regard de MJ s'assombrit.

— Que veux-tu dire ?

— J'ai pensé que celle de nos deux familles qui se chargerait d'effectuer ce don aurait toujours la haute main sur l'autre. Par conséquent, il est impératif que chacun d'entre nous soit partie prenante de l'acte de donation. C'est pour cela que j'ai fait rédiger un contrat dans ce sens par Bayard Crawford, pour le faire signer par tous les membres de nos familles. Mon grand-père, Siena, Christian, mon père, le tien…

— Le mien aussi ? Il a signé ?

Dépliant un document sorti de sa poche, Nikos désigna de l'index la signature de Graham.

— Ça n'a pas été des plus simple, fit-il. J'avais également besoin qu'il…

— Qu'il présente des excuses à Andreas, c'est ça ?

Nikos hocha la tête. MJ le comprenait à demi-mot !

— Graham a consenti plus facilement que je ne l'espérais. Il m'a dit que tu lui avais appris la vérité, sur le fait que c'était Tori qui avait passé l'appel fatal.

— Et il a présenté des excuses à ton père pour avoir brisé leur mariage ?

— Oui. En personne. Je ne sais pas ce qu'ils se sont raconté, mais ils ont enterré la hache de guerre. Je ne pense pas qu'ils soient devenus les meilleurs amis du monde, mais cela devrait permettre qu'ils échangent autre chose que des menaces voilées lors des fiançailles officielles de Christian et Siena.

MJ le contemplait avec des yeux ronds.

— Tu as accompli des miracles !

Le cœur de Nikos battait à tout rompre. Allait-il avoir autant de courage qu'elle en avait montré en lui avouant son amour ? Il était prêt à déposer à ses pieds sa fortune et sa vie même, mais le formuler à haute voix le faisait trembler de peur.

Sois courageux, Nikos ! Elle le mérite !

— Je t'aime, Marjorie, murmura-t-il.

Il vit MJ sursauter. Elle le regarda avec l'air de ne pas comprendre ce qu'il disait.

— Grâce à toi, reprit-il, j'ai compris qu'il était impossible que nos familles continuent dans cette haine mutuelle. Mais surtout, ce dont j'ai pris conscience, c'est que le plus insupportable était de vivre sans toi.

Un étonnement émerveillé se peignit sur le visage de MJ. Elle tendit une main vers lui et caressa sa joue.

— Tu m'aimes vraiment ? murmura-t-elle. Et tu es prêt à faire confiance à une Mabel ?

— Je t'aime de toute mon âme, répondit-il. Et je dépose à tes pieds, mon cœur, ma fortune et ma vie en totale confiance.

C'était tout juste si MJ osait respirer de crainte d'émerger de ce qui ne serait qu'un rêve fabuleux. Car, si tel était le cas, elle ne voulait surtout pas se réveiller !

— Est-ce que tu veux bien que je t'embrasse, MJ ?

Nikos avait posé cette question dans une sorte de feulement où tremblait un désir difficilement contenu, et MJ sentit se hérisser tous les poils de ses bras. Pour toute réponse, elle souda ses lèvres à celles de Nikos. Des mains fermes encadrèrent son visage avec une infinie douceur, tandis qu'il prenait sa bouche avec une tendre passion.

— MJ, grommela-t-il, est-ce que la porte de ton bureau ferme à clé ? Sinon…

MJ voulait que rien ne les interrompe lorsqu'ils referaient l'amour. Or, il lui restait quelque chose d'important à accomplir. Elle tendit la main pour attraper le contrat posé sur le canapé, et un stylo sur la table basse. Puis elle signa.

— Tu n'as même pas lu, Marjorie ! s'indigna Nikos.

MJ posa l'index en travers de la bouche qu'elle adorait.

— Je dépose à tes pieds, mon cœur, ma fortune et ma vie en totale confiance, Nikos Constantinos, dit-elle.

— Je veux faire ma vie avec toi, Marjorie, et être le père de tes trois enfants.

— Je veux exactement la même chose, Nikos. En attendant…

Elle captura à nouveau les lèvres de Nikos. Lorsque, un long moment après, ils s'écartèrent l'un de l'autre, MJ éclata de rire.

— Tu te souviens, dit-elle, que lors de mon irruption dans ton bureau, tu avais demandé ce qu'il se passerait si tu m'embrassais ? Eh bien, tu as ta réponse !

Nikos posa sur elle un regard débordant de tendresse.

— Qui aurait dit, alors, que nous en viendrions là ? fit-il.

— Oui, murmura MJ, mais tout cela c'est aussi grâce à une

merveilleuse petite île grecque. Crois-tu que nous pourrions nous y réfugier, de temps en temps, loin du monde ?

Le sourire radieux qu'il lui décocha transperça MJ jusqu'au tréfonds de son être. Telle une flèche de bonheur.

— Et si je te l'offrais en cadeau de mariage ? proposa-t-il. Qu'en penserais-tu ?

Épilogue

Noël, trois ans et demi plus tard...

— Est-ce que quelqu'un reprendra du pudding ?

La voix de MJ avait un peu de mal à surmonter le brouhaha des conversations familiales. Tout le monde se récria qu'il était impossible d'avaler ne serait-ce qu'une bouchée de plus.

À l'autre extrémité de la longue table, Nikos sourit à son épouse. Cela faisait maintenant trois ans qu'ils étaient mariés. Ils avaient d'abord pensé laisser la priorité à Christian et Siena mais ces deux-là faisaient traîner leurs fiançailles.

— Pourquoi ne passerions-nous pas au salon ? lança Nikos en libérant leur fils de sa chaise haute.

Paulo était arrivé six mois après le mariage de ses parents. Le petit garçon de deux ans et demi tendit les bras à sa tante Siena qui le lança dans les airs, provoquant son rire cristallin. Nikos en profita pour soulager MJ du poids de leur petite Diana, âgée de neuf mois.

— J'espère que tu ne te fatigues pas trop, murmura-t-il à l'oreille de sa femme chérie.

Elle le gratifia d'un clin d'œil coquin.

— Attends que tout le monde soit parti, susurra-t-elle, et tu verras si je suis fatiguée.

Leur désir mutuel ne s'était jamais amoindri, bien au contraire. En souriant, ils suivirent leurs invités au salon.

Une fois que tous furent confortablement installés, Siena déclara :

— Bon, il est temps de se plier au rituel de la liste de gratitude !

Lors du premier Noël réunissant les deux familles – lorsque les conversations étaient encore un peu crispées –, MJ avait instauré ce qui était devenu une pratique désormais consacrée : tous étaient tenus de citer trois choses qui les avaient particulièrement rendus heureux au cours de l'année écoulée. Cette fois-là, c'était MJ qui avait commencé.

Curieusement, cela avait suffi à briser la glace. Les uns et les autres avaient joué le jeu avec enthousiasme, entre éclats de rire et moments d'émotion. Désormais, ils en étaient venus à former une *vraie* famille.

Un bras passé autour de la taille de sa merveilleuse épouse, sa petite fille sur les genoux, Nikos écouta chacun des participants énoncer ses sujets de satisfaction.

— Maintenant, j'ai une annonce à faire, déclara Graham. J'ai décidé de prendre ma retraite. Avec Andreas, nous avons quelques projets de pêche en haute mer, et des compétitions de golf à mener ensemble au cours de l'année à venir. Je passe donc les rênes du Groupe Mabel à ma chère fille, MJ.

Ce fut alors Andreas qui se mit debout.

— Puisque nous en sommes aux annonces, fit-il, à mon tour ! J'ai décidé de m'installer définitivement chez Graham. Il est temps pour moi de laisser Grosvenor Square à votre petite famille, Nikos et MJ.

Bouche bée, MJ se tourna vers Nikos. Décidément, il semblait que non seulement l'amour mais aussi l'amitié étaient possibles entre les deux camps.

— Mais, Andreas, protesta-t-elle, tu es ici chez toi !

— Cet arrangement nous convient à tous les deux, ton père et moi, objecta Andreas. Nous avons de nombreux centres d'intérêt communs, et… nous ne nous entendons pas trop mal.

Il se rassit en souriant, et ce fut au tour de Siena de réclamer l'attention de l'assemblée.

— Eh bien, lança-t-elle en prenant la main de Christian,

sachez que nous avons enfin fixé la date de notre mariage. Ce sera l'été prochain !

Exclamations et embrassades suivirent cette proclamation tant attendue. Lorsque tout le monde se fut rassis, Nikos pressa ses lèvres sur la tempe de MJ.

— Est-ce que, nous aussi, nous partageons la bonne nouvelle ?

— Vous allez avoir un autre bébé ! s'écria Siena.

MJ eut un sourire radieux.

— Je suis enceinte de trois mois, dit-elle. Et je me porte comme un charme.

De nouveau des exclamations fusèrent, ponctuées par la conclusion de Siena :

— Tu vas avoir trois enfants, comme tu l'as toujours souhaité. C'est formidable, Jojo !

Le regard en coin que MJ lança à Nikos et sa mimique contrite le plongèrent dans l'inquiétude. Que se passait-il ?

— Tu ne sais pas tout, mon amour, fit-elle. J'ai appris hier que… j'attends des jumeaux. Dis-moi que tu es heureux !

Poussant un cri de joie, Nikos prit sa femme dans ses bras et la fit tourbillonner.

— J'imagine que ça veut dire « Oui », murmura MJ à bout de souffle.

Tout le monde éclata de rire.

— Noël ne serait pas parfait sans notre visite traditionnelle au Victoria & Albert Museum pour admirer le collier Ananké, rappela-t-elle.

Cela aussi était devenu une tradition familiale.

Venant s'asseoir près de MJ, Nikos l'attira contre lui. N'était-elle pas la femme la plus parfaite qu'il soit au monde ? Et elle méritait ce qu'il y avait de mieux. Il était fermement décidé à ce qu'il en soit ainsi pour le restant de leurs jours.

Retrouvez prochainement,
dans votre collection

AZUR

Les mariés de Dubaï, de Louise Fuller - N°4609

Délaissée par Omar al-Majid, l'homme qu'elle a épousé trop vite, Delphi se résout à le quitter. Son mari ne vit que pour son travail – son empire ! – or elle finira le cœur brisé si elle prolonge leur mariage. À sa grande surprise, pourtant, Omar vient la retrouver pour exiger qu'elle rentre avec lui à Dubaï. Troublée par l'intérêt qu'il lui porte soudain, Delphi accepte de le suivre, non pas pour succomber de nouveau à son charme mais plutôt pour lui prouver que leur union n'est qu'un mirage…

La vengeance de Vidal Suarez, d'Abby Green - N°4610

Enfin ! Vidal Suarez tient sa vengeance ! Voilà des années qu'il attend le moment où il pourra se confronter aux Flores, ces odieux aristocrates qui ont brisé son père et fait de sa propre enfance un enfer. Parce que Eva, leur héritière, cherche désespérément à vendre le *castillo* familial, il a l'occasion de lui imposer sa volonté en lui rachetant son domaine. Bientôt, la belle Espagnole qui ne voyait en lui qu'un méprisable jardinier goûtera à la toute-puissance du milliardaire qu'il est devenu…

Le vœu d'un cheikh, d'Annie West - N°4611

Rosanna n'a pas l'habitude d'embrasser de parfaits inconnus… Raison pour laquelle elle ne parvient pas à oublier l'homme qui, l'espace d'un instant, lui a fait perdre la raison. Dans les bras de Salim, elle s'est sentie plus vivante que jamais, vibrante de désir – avant qu'il disparaisse dans la nuit. Or voila qu'il se présente bientôt dans son agence matrimoniale. L'homme qui hante ses pensées n'est autre que le cheikh de Dhalkur et il attend de Rosanna qu'elle lui trouve une épouse !

La maîtresse d'un patron, de Cathy Williams - N°4612

Secrétaire consciencieuse, Grace n'a ni le temps ni le droit de fantasmer sur son patron, Nico Doukas, même s'il est l'homme le plus attirant de la Terre ! Pourtant, à la faveur d'un séjour en Grèce, leur relation professionnelle vire brutalement en liaison torride… Bouleversée par les sensations qui l'assaillent, Grace l'est davantage encore de se découvrir *amoureuse* de Nico. Saura-t-elle reprendre la place qui est la sienne quand tous deux seront de retour au bureau et oublier cet interlude délicieux au côté de celui qui fait battre son cœur ?

Entre devoir et passion,
de Julieanne Howells - N°4613

Le prince Léopold von Frohburg n'est pas du genre à s'embarrasser de sentiments. Depuis toujours, c'est le devoir qui régente sa vie. Aussi est-il fort contrarié que sa promise, la princesse Violetta, ait osé lui faire faux bond le jour de leurs noces, sous prétexte qu'ils ne s'aimeront jamais. Pas question de laisser la jeune femme saboter la réunification de leurs deux pays. Quand il l'aura retrouvée, Léo exigera de Violetta qu'elle l'épouse et assume ses responsabilités en lui donnant un héritier !

Amoureuse du milliardaire,
de Rachael Stewart - N°4614

Bree a abandonné son existence citadine pour soigner son cœur brisé dans un petit village. Alors qu'elle se croit à l'abri de toute romance, voilà que débarque dans sa pâtisserie Theo Dubois, un milliardaire bien connu de la région dont il est originaire. À peine croise-t-elle son regard qu'elle voit tous ses sens bouleversés, comme si elle revenait à la vie. Une émotion qui ne fait que grandir le jour où Theo lui propose de l'accompagner à Paris…

La beauté des mers, de Chantelle Shaw - N°4615

Alors que son navire sombre dans une mer déchaînée, le prince Eirik croit sa dernière heure arrivée. Mais une jeune femme aux airs de sirène le sauve des eaux pour le conduire jusqu'au rivage… avant de disparaître. Incapable de l'oublier, il se met à sa recherche. Sitôt qu'il retrouve Arielle, Eirik lui propose de l'accompagner au Fjernland, son royaume, où il prendra soin d'elle. Ce qu'il ignore encore, c'est que la belle a un secret qui pourrait bien, s'il était révélé, les entraîner tous deux dans un retentissant scandale…

Tentée de le séduire, d'Emmy Grayson - N°4616

SÉRIE : *LES FRÈRES CABRERA* - 1/3

Everleigh se consacre corps et âme au vignoble familial. Aussi est-elle furieuse d'apprendre que son père compte le vendre à Adrian Cabrera. Résolue à affronter cet homme d'affaires sans scrupule pour protéger son héritage, elle provoque une rencontre avec lui lors d'une luxueuse réception. Mais face à Adrian, Everleigh, d'habitude si combative, se sent brusquement vulnérable, tandis qu'elle est gagnée par une passion dévorante pour son ennemi. Au point d'être tentée de le séduire ?

Minuit à Venise, de Clare Connelly - N°4617

SÉRIE : *RELATIONS PRIVÉES* - 2/3

Lorsque Ares Lykaios lui a demandé d'être sa cavalière le temps d'un bal, Bea aurait dû refuser, ne serait-ce que pour remettre à sa place l'arrogant magnat grec. Mais comment aurait-elle pu s'opposer à cet homme qui, en plus d'être outrageusement séduisant, est aussi le plus gros client de son agence de relations publiques ? Maintenant qu'elle danse avec lui, sous les lustres d'une soirée enivrante, Bea sent ses défenses se briser en même temps qu'elle succombe au plaisir d'un baiser inattendu. Une passion nouvelle qu'Ares lui propose d'explorer en l'accompagnant à Venise…

Un désir royal, de Jennifer Faye - N°4618

Indigo déteste la famille royale de Rydiania, qui autrefois a froidement chassé ses fidèles et loyaux sujets au nom de la Couronne. Bannie du royaume alors qu'elle n'était qu'une enfant, elle a connu l'exil et la peur. Aujourd'hui qu'elle doit peindre le portrait officiel du prince Istvan, elle a toutes les peines du monde à lui cacher la haine qu'elle lui voue. Hélas, chaque coup de pinceau lui révèle d'autres émotions à l'égard de l'héritier honni. Cet homme qu'elle devrait mépriser pour ce qu'il incarne est l'objet de tous ses désirs…

Liaison en Grèce, de Bella Frances - N°4619

Coral n'en croit pas sa chance ! Non seulement elle vient d'être embauchée comme photographe pour un célèbre magazine, mais elle va faire son premier reportage sur Hydros, une fabuleuse île grecque. Sur place, alors qu'elle s'émerveille de la splendeur des lieux, elle rencontre Raffaele Rossini, son patron. Doté d'une aura sensuelle, celui-ci la trouble immédiatement. Or, si Coral s'efforce de rester professionnelle, l'attirance qu'elle ressent pour Raffaele devient vite incontrôlable, quand celui-ci projette de la mettre dans son lit…